LA FOI
DU CHARBONNIER

DU MÊME AUTEUR

Aux Éditions du Seuil
(en collaboration avec Hervé Hamon)

Madame le proviseur
1988, et « Points Actuels », n° A 100

La Cause des élèves
1991, et « Points Actuels », n° A 118

Marguerite Gentzbittel
en collaboration avec Hervé Hamon

LA FOI
DU CHARBONNIER

Éditions du Seuil

TEXTE INTÉGRAL

ISBN 2-02-030902-5
(ISBN 2-02-23773-3, édition brochée)

Si le bœuf a faim, c'est que l'herbe existe...
Jean Sulivan, *Joie errante*, Gallimard, 1974

AVANT-PROPOS

La tentation pornographique

« Madame le proviseur » est morte. Ou, pour être moins funèbre, disons que « Madame le proviseur » n'est plus. Plus en fonction, s'entend. Je n'ai pas cessé de respirer à l'instant où j'ai rendu mon tablier au ministère de l'Education nationale. Mais j'ai toujours considéré qu'en matière d'administration la fonction fait l'homme (ou la femme), que le pouvoir consiste d'abord à occuper un bureau suivant un emploi du temps précis, et que, loin de cet espace, hors de ce temps, le pouvoir s'évanouit, l'autorité s'éclipse.

Je n'ai donc plus autorité pour parler des questions scolaires, et c'est très bien ainsi. Un éditeur parisien – qui n'est pas mon éditeur attitré, le Seuil – a eu l'amabilité de me proposer d'écrire une « Lettre ouverte à un jeune enseignant ». J'ai décliné l'offre : si j'étais qualifiée pour semblable exercice, c'est une « Lettre ouverte à un vieux proviseur » qu'il me faudrait rédiger. Ma conviction est que les adolescents qui peuplent nos lycées ne doivent pas être encadrés par des responsables trop âgés, trop éloignés, trop décalés. J'ai donc choisi de partir à la retraite à l'échéance de mes soixante ans, pas un pouce de plus. Ajouterai-je que cette coupure s'est opérée sans drame ni trouble ? Pour être tout à fait honnête, j'avoue qu'une démangeaison suspecte commençait à m'entraîner vers l'extérieur, vers les vitrines ou les cinémas du quartier Latin…

« A la retraite », l'expression est judicieuse et dense. Plus dense encore chez quelqu'un qui n'a cessé de « faire retraite » aussi régulièrement que possible. Je n'ai, dans mes écrits ou mes exposés précédents, ni étalé ni dissimulé ma foi et ma religion catholiques, me contentant de signifier, incidemment, qu'elles sont le moteur central de mon existence et qu'elles ne contredisent en rien mon attachement aux valeurs laïques et à l'école républicaine. Maintenant que la « retraite » n'est plus, pour moi, un intervalle, une parenthèse, et puisque aucun devoir de réserve ne m'est désormais prescrit, le goût me prend de passer, si j'ose dire, du public au privé, d'évoquer cette expérience intérieure. Il y a un temps pour diriger le lycée Fénelon et un temps pour parler de Dieu, écrirai-je en parodiant l'Ecclésiaste. La retraite venue, il serait salutaire que je mette à profit ce deuxième temps.

Une objection, toutefois, surgit. Et une objection de taille. Ce goût qui me saisit n'est-il pas de mauvais goût ? Dieu est à la mode, paraît-il, Dieu est « de retour ». Maints essayistes confessent une inclination naissante ou renaissante. Ma pierre un brin rustique a-t-elle sa place parmi tant de cathédrales ?

Ma grande crainte, c'est l'impudeur. Qui plus est –

depuis que j'ai appris que quelques livres, parfois, se vendent –, l'impudeur à vendre, l'impudeur vendue. A certains moments, je songe qu'une telle entreprise est vouée à basculer dans la pornographie. Raconter sa vie spirituelle, si tant est qu'une vie spirituelle soit racontable, n'est-ce pas atteindre le plus personnel, le plus intime ? Si je parle à mon bonnet, je me dis cela, je me dis que la tentation pornographique me guette. Et, en même temps, je ne vois pas comment formuler « ma vérité » sans encourir ce péril, dans la mesure où ma vérité, aucun doute là-dessus (traîtrise des mots : le doute associé à la foi, déjà...), est ma vie spirituelle même. Partant « à la retraite », filtrant ma vie au tamis, je me demande ce qu'il en reste, ce qui reste tout au fond, et c'est ma foi. L'indicible, par excellence, et dans toutes les acceptions du terme. Ou je me tais, ou je m'enfonce dans l'impudeur. Tant pis : je ne souhaite pas me taire.

Mais de quoi parlerai-je ? De beaux sentiments dont la valeur marchande est fort ambiguë ? D'une plate superstition aisément dissoute par la psychanalyse ? Je ne suis pas théologienne, je n'ai nul statut religieux. Ce livre ne sera pas le récit d'une conversion, d'une aventure. Il ne sera même pas dans le vent, branché, « post-moderne ». Ma foi m'a été donnée par ma mère et par la guerre, quand j'étais enfant. Je fais partie des rares mortels qui se souviennent qu'aujourd'hui est la Saint-Machin. Je voue une dévotion certainement désuète à sainte Véronique (peu ou prou bannie du calendrier), qui essuya le visage du Christ lors de la montée au Calvaire et conserva, dit-on, l'empreinte définitive de ce visage sur le linge qu'elle avait employé. Je pèche sereinement par obscurantisme – d'ailleurs, j'ai une tendresse particulière pour certains saints illettrés, qui croyaient ferme mais n'exerçaient guère leur intelligence.

Il m'était assez facile, lorsque je m'attaquais au système éducatif, de mobiliser mon esprit critique et de mettre les rieurs de mon côté. Mais, cette fois, que va penser mon « fidèle public » ? J'appréhende d'autant plus sa réaction que je ne voudrais ni me trahir ni être rejetée. Ce livre-ci m'est forcément plus cher que les ouvrages précédents et l'accueil des lecteurs ne peut me laisser indifférente. La première fois que j'ai pris la plume, c'était pour raconter ma trajectoire professionnelle de manière anecdotique. Il s'agissait bien de moi, mais d'une partie visible de moi, déjà connue de divers témoins. La deuxième fois, l'éclairage était tout entier porté sur les élèves, sur leur métier scolaire – il s'agissait d'analyser juste, de briguer l'exactitude. Je me débattais pour être proche de la cible mais ni plus ni moins que dans mon travail quotidien. Mes propos, mes arguments étaient immédiatement vérifiables et contestables. Ce qui est en jeu, à présent, ce n'est pas le désir d'être approuvée, c'est la peur de susciter le contresens sur ce qui m'est essentiel, ce qui est plus moi que moi.

Dès que vous abordez non pas le religieux mais votre religion, des sortes de trappes – assumons le mot – s'ouvrent devant vous. Et vous y tombez. Quel est le sujet ? Votre esprit, votre âme, votre cœur, vos tripes ? Vous utilisez des expressions telles qu'« aimer Dieu »...

Et à l'instant où vous vous accrochez à elles, où vous les pressez pour en exprimer le sens, autre chose sort, qui vous fuit ou vous contredit. J'aime cette formule que je lis parfois au terme de certaines lettres : *Dieu vous aime, moi aussi, et je vous embrasse très affectueusement.* « Dieu m'aime… », qu'est-ce que cela veut dire ? Je crois le savoir, mais, au moment de consigner l'expression, je bute, j'hésite. « J'aime Dieu, aimons-nous comme Dieu nous aime et comme nous aimons Dieu » : voilà un discours qui est, dans la pratique et le vocabulaire chrétiens, parfaitement usuel, banal, mais qui sonne étrangement et paraît se vider de tout sens dès que l'on tente de l'expliciter.

Elle est si profonde, cette expérience, si singulière, elle accapare tant l'être secret que la livrer publiquement, tenter de la narrer, revient à dévoiler un acte aussi personnel, aussi mystérieux pour soi et pour les autres que l'acte sexuel. Le narrateur s'efforce de récupérer quelque chose qui devrait rester dans l'obscur, qui devrait rester invisible, sauf péripétie extraordinaire ou recours à la poésie. Or ce n'est pas là mon « créneau » ni mon *credo*, je ne me juge pas en mesure d'inventer une prière nouvelle ni un nouveau chemin de la perfection. Le mysticisme des abîmes n'est guère mon style – or j'aurais tendance à penser que c'est la seule manière de jeter un voile pudique sur le cheminement spirituel.

Lorsque je parle de « quelque chose qui devrait rester dans l'obscur », je ne veux pas dire qu'il est inconvenant d'en parler, que cela heurte les bonnes mœurs ou l'usage. Je veux dire, et c'est la raison pour laquelle j'utilise le mot pornographie, qu'un tel récit est malaisément « objectivable », qu'il risque fort de ne pas avoir de sens pour le lecteur. Sartre soutenait que l'acte sexuel ne peut, au fond, être filmé ni décrit parce qu'il n'appartient qu'à ceux qui le commettent. Il en va plus ou moins ainsi de la foi.

Mon recours préféré est l'humour. Mais il ne sera, en l'occurrence, qu'un recours imparfait. Il a fatalement ses limites. Prenons l'exemple de la prière, cette sorte d'approche, ce prélude à l'expérience spirituelle assez analogue aux préliminaires amoureux, à la caresse et au désir. « Dire ma prière », pour reprendre la formule de mon enfance est, chez moi, un acte quotidien. Mais la dire dans la rue, à haute voix… Même avec penchant prononcé pour le second degré ou pour la rigolade, cela défie l'imagination. Ce n'est pas la terre qui se dérobe sous mes pieds, c'est le ciel.

Il y aurait bien de pieuses échappatoires. Publier à compte d'auteur. Organiser une tombola au profit d'une œuvre indiscutable – tel ce champion cycliste qui vendit son maillot aux enchères en faveur de la lutte contre le sida. Verser mes droits à un monastère dont je suis la visiteuse assidue. Mais aucune de ces solutions ne me convient. La publication confidentielle est contraire à mon entreprise même : ou bien je me tais, ou bien je m'exprime pour être entendue. Quant à l'idée de refiler à mes amis l'argent suspect pour éviter de me transformer en marchand du temple, ce serait une curieuse démarche puisque je les transformerais, à leur tour, en marchands du temple, tout en m'exonérant de façon trop légère. L'Evangile, qui est plein de ressources, suggère que les fils de lumière doivent être aussi habiles, dans la gestion des affaires terrestres, que les fils des ténèbres. Je pencherais plutôt de ce côté. Si le Seigneur a la bonté de bénir mon entreprise, j'organiserai un gueuleton pour fêter cela. Et au cas où ce livre impossible arrondirait mon compte en banque, je garderais secrètes les charités que pareille situation m'inspirerait.

A qui vais-je m'adresser ? Toutes les précautions antérieures montrent qu'il serait sage de m'adresser d'abord à moi-même. L'un de mes maîtres, et pas des plus tristes, le chanoine de Rozières, aimait à dire : « Chacun va au Ciel par son propre escalier… » Moi aussi, je suis seule dans mon escalier, et les destinataires de ma réflexion ne sauraient être ceux qui sont convaincus d'avoir trouvé la Voie, la bonne, l'unique. Je m'adresse d'abord à moi-même pour un exercice d'élucidation. Ensuite, je réglerai mes dettes. Je m'adresserai à ceux qui m'ont faite, qui m'ont donné en cadeau cette force inattendue, inespérée. Et enfin, à tout individu qui aimerait savoir le fin fond de mon histoire. Puisque le personnage de « Madame le proviseur » a rencontré pas mal de monde, j'ai envie d'ajouter, pour solde : voilà ce qui est derrière, voilà ce qui me fait fonctionner ; si cela vous intéresse, j'essaierai de m'en approcher.

Paradoxalement, c'est à mes amis que je m'adresse par la même occasion. Dans mes deux autres livres, ils n'ont trouvé que ce que, mille fois, je leur avais déjà dit. Un ami, en revanche, fût-il le plus proche, on ne l'empoigne pas par le revers du veston pour lui assener un *credo* péremptoire ou exhaustif. On n'exhibe pas ce qui est son souffle. Tout au plus peut-on éprouver, parfois, la joie de « respirer » ensemble.

Lors des très nombreux débats que j'ai engagés à l'occasion de mes précédents livres, on m'a beaucoup questionnée sur ma foi. Je n'esquivais pas, mais je ne m'étendais pas non plus, car ce n'était pas le sujet d'alors. Finalement, c'est à ces poseurs de questions que je m'adresse en dernière instance, profitant de ma liberté nouvelle, délestée de ma casquette de proviseur laïque exerçant dans l'enseignement public. L'obligation de réserve m'avait un peu frustrée dans ces débats, j'avais l'impression de ne pas aller au bout de mon témoignage. Je me lance, donc, mais en tremblant.

Quelquefois, rarement, les territoires se sont chevauchés au cours de ma vie professionnelle. Il est arrivé que des élèves me livrent des confidences extrêmement douloureuses, des malheurs irrémédiables ou dont la nature était telle que je ne pouvais agir dans le cadre de mes fonctions. Alors, devant une telle détresse, je disais : « Vous êtes totalement seul dans votre souffrance. Tout ce dont je suis capable, c'est de prier pour vous. » J'ajoutais aussitôt une boutade, du style : « Cela n'a peut-être aucun sens à vos yeux, du moins êtes-vous sûr que cela ne fera pas de mal. Et puis, pendant que le proviseur est occupé à prier, il n'est pas en train de repérer les élèves qui méritent des punitions… » La plaisanterie était une manière d'enrober ce qu'il y avait pour moi de vital dans une telle promesse.

Je n'ai jamais rencontré, en semblable circonstance, d'ironie ou de mépris. Je n'ai jamais ressenti non plus le besoin d'évoluer dans un milieu homogène, de diriger un établissement « tala[1] » où j'aurais brandi l'étendard de mes convictions et me serais portée garante de la qualité de l'instruction religieuse. L'obligation de réserve qui était mienne dans l'enseignement public n'était pas, pour ce qui me concerne, une brimade ou un amoindrissement, mais un défi que j'ai relevé avec joie. Je pense que l'école de la République m'a contrainte à observer une sorte d'hygiène. Et je n'imagine guère un environnement où j'aurais été en mesure de prononcer des phrases telles que : « Et maintenant, nous allons nous mettre à genoux tous les deux et prier pour votre maman... » La livrée de proviseur, précisément, écartait par définition le problème de la pornographie spirituelle qui m'agite ici.

Je ne suis absolument pas prosélyte, je n'ai aucune intention de convertir les populations, ni aucune frayeur de ne pas y parvenir, je ne m'apprête pas à courir de paroisse en paroisse afin d'exhiber mes stigmates. Mes amis sont d'abord mes amis, puis je m'aperçois, le cas échéant, que tel ou tel d'entre eux participe de la même aventure que moi. Je le découvre avec bonheur, mais cela ne saurait être un préalable. En revanche, aller à la messe avec un ami est un lien supplémentaire, très fort, d'autant plus rare et précieux qu'il n'a pas été recherché

1. Emprunt au vocabulaire folklorique des écoles normales supérieures – Marguerite Gentzbittel est ancienne élève de celle de Fontenay. Les « talas » sont ceux qui vont *t-à-la* messe *(NdE)*.

en tant que tel. Le hasard veut, au demeurant, que plusieurs de mes amis soient protestants. Est-ce d'ailleurs un hasard ? Les catholiques sont si divers que l'appartenance à des Eglises différentes rend peut-être les choses plus simples, plus claires : la différence est formulée une bonne fois, et l'on échappe au vertige qui vous saisit devant un peuple catholique traversé d'infinies contradictions. En outre, les protestants ont fréquemment la laïcité plus « naturelle » que les catholiques.

Je ne fais point, dans ce livre, œuvre « militante ». Je n'aime pas ce mot, y compris lorsqu'il s'applique à l'existence profane. Si j'ai retenu certaines options dans mon métier, si j'ai rejoint certaines associations dans ma vie de citoyenne, je ne crois pas qu'il s'agisse ou se soit agi de « militantisme », au sens où le terme est lesté de pensée militaire et d'esprit partisan. J'ai – ou j'avais –, plutôt, la volonté de réparer, de panser les blessés de l'école ou les blessés de la société. Estimer que le métier de proviseur ne consiste pas à sélectionner les plus beaux spécimens et à noyer les autres, ce n'est pas du militantisme ; c'est, plus simplement, porter assistance à des jeunes qu'on a soi-même, par fonction, jetés à l'eau.

Ecrivant ces lignes, je n'entame donc aucune croisade. Pire : je crains bien de n'en pas avoir les facultés intellectuelles. Nombre de clercs, d'historiens, de témoins inspirés sont mieux armés que je ne le suis. S'il s'agit de langue ou de littérature anglaises, je crois avoir montré, sur le papier, quelque compétence. Mais s'il s'agit de religion, je concède avec un brin d'embarras qu'intellectuellement je ne fais pas le poids. Je ne suis pas « khâgneuse » dans mon appartenance à l'Eglise. Je me sens fort bien à la trappe, parmi des cisterciennes qui ne sont vraiment pas des intellectuelles. Et l'être que j'étais à quatre ans est terriblement présent dans ma foi actuelle – non que j'aie gardé de cette époque je ne sais quelle pureté ou naïveté (il me semble que je n'étais pas si naïve que cela, à quatre ans, j'en avalais et j'en recrachais, je ne croyais pas une seconde ma mère lorsqu'elle me disait que le Bon Dieu « m'avait punie »), mais il est certain que mon entrée dans la foi fut directe, empirique, concrète, viscérale.

Je suis, en religion, comparable à Colette dans sa vie, qui accordait tant d'importance à la bouche, au nez, aux sens. Ma mécanique intellectuelle est au service de cette approche-là, et non l'inverse. L'historicité du Christ ne me tourmente point. Ma bibliothèque religieuse est très disparate et incomplète, de Jean Sulivan à saint Benoît, d'André Frossard à Marc Oraison. Je m'avancerai dans ma simplicité, craignant seulement de sortir de ma vérité, de me trahir moi-même, d'être incapable d'effectuer la mise au point nécessaire, de m'installer dans un flou commode et faux.

Je revendique cette « foi du charbonnier » qui orne la couverture de l'ouvrage. A condition qu'on ne se méprenne pas sur l'expression. Un conte du dix-septième siècle en est à l'origine : le diable, rencontrant un charbonnier, le harcèle de questions sur sa foi ; et l'autre rétorque de manière inébranlable : « Je crois ce que l'Evangile croit ! »... C'est sa seule réponse, une réponse solide et naïve – deux épithètes que je m'approprie volontiers. Pour autant, la « foi du charbonnier » ne cultive pas l'obscur. Elle ne repose certes pas sur des assises théologiques ou intellectuelles. Mais elle n'est pas sotte, elle ne refuse pas d'être éclairée. Elle est naïve au sens où elle se réclame d'une tradition et d'une éducation. Elle ne méprise pas les recherches métaphysiques ou raisonnantes ; simplement, elle n'est pas née de cela.

Georges Brassens s'est emparé de ce brave charbonnier « qu'est heureux comme un pape et con comme un panier ». Là, je n'éprouve aucun état d'âme et je note, au passage, que l'excellent Brassens lui envie sa foi. Il me convient que la foi soit décrite dans sa force inébranlable et avec la touche d'humour qui sauve. Va donc pour le charbonnier.

Et « A la grâce de Dieu ! », comme disait rituellement ma mère quand je me présentais à un examen.

1

Anachronique

Ma vie d'enfant, la vie qui m'a construite, reposait sur trois piliers : il y avait les chemins de fer et la gare de Belfort, où mon père était cheminot ; il y avait l'école communale (pas seulement l'école qui assouvit la curiosité intellectuelle, mais l'école lieu de vie et milieu social) ; et puis il y avait le patronage, le « patro ». C'était la guerre. « Ma » religion était « la » religion, la religion populaire du temps où la chrétienté n'était pas dispersée, la religion de ma mère, femme de ménage chez des épiciers venus des Baléares : processions, liturgie, prières et fêtes carillonnées.

L'église sans majuscule et l'Eglise avec majuscule se confondaient pour moi : c'était d'abord un bâtiment, le lieu de toutes les assemblées, de toutes les cérémonies. Je ne me souviens pas d'un jour de ma vie qui n'ait été rythmé par la fréquentation de l'église. Très jeune, je souhaitais représenter ma paroisse devant les incrédules et terrasser le dragon de l'athéisme, essayant notamment de convertir l'épicière. L'empreinte de la guerre était (et reste) indélébile ; j'avais appris qu'il fallait prier pour être débarrassé de l'ennemi, pour que les Français soient victorieux, pour que mon père rentre de déportation, pour que les bombardiers tapent à côté – j'entends encore les chapelets dévidés pendant les alertes.

Pour montrer à quel point mon expérience est à mille lieues des temps présents, je raconterai l'anecdote la plus lointaine qui me soit restée. J'avais deux ans et demi, ma mère était malade, et l'on avait demandé à une religieuse de passer à la maison (les religieuses faisaient alors office d'infirmières). Elle s'est présentée, s'est occupée de ma mère, et m'a suggéré de réciter le *Notre Père* pendant les soins. Je connaissais mes prières sur le bout des doigts, dont quelques-unes en latin, et j'ai commencé à débiter un *Pater* expéditif. La religieuse m'a interrompue :

– Pourquoi récites-tu ta prière si vite ?

– Pour en être débarrassée, ai-je répondu sereinement.

On ne peut pas dire que mes débuts aient été franchement mystiques. Mais je connaissais mon affaire, j'avais une excellente mémoire et j'avais engrangé tous ces textes avec beaucoup d'aisance. Ma mère, elle, avait peiné : le *De profundis*, en particulier, lui avait donné du fil à retordre ; ce qui ne l'empêchait pas de me transmettre ces prières qu'elle aurait été incapable d'écrire et qui m'amusaient tant.

Je n'y comprenais rien, je ne savais pas où les mots s'arrêtaient, je ne faisais aucune différence entre le français et le latin : c'étaient des formules magiques, rien d'autre. L'*Angélus*, par exemple, me ravissait par son seul nom (et il m'a fallu des années pour établir un lien entre la peinture de Millet et cet assemblage de syllabes). L'acte de foi, l'acte d'espérance et l'acte de charité posaient maints problèmes de syntaxe. En contrepartie, le chapelet était un régal : je fonçais, retenant mon souffle, jusqu'à la fin du neuvième *Ave*, et j'expirais triomphalement au bout de mes peines.

Tout cela n'avait guère de sens jusqu'à la déclaration de guerre. Ce jour-là, mon père m'a convoquée afin de m'adresser un discours sur la nécessité de suivre mon étoile. Je me suis assise à la table de la cuisine, là où se tenaient les discussions majeures, j'ai posé mes coudes sur la toile cirée, et il m'a annoncé que nous allions être séparés, que nous allions endurer des souffrances, et qu'il attendait de moi que je sois fidèle à Dieu et à la France – on dirait maintenant « aux valeurs ». Puis il a répété que je devrais « suivre mon étoile ». L'expression m'a passablement tourmentée : de nuit, la mission semblait raisonnable ; de jour, je ne garantissais rien.

J'avais quatre ans. Et bien que mon père fût anticlérical, c'était lui qui venait d'associer à l'idée de Dieu et à ces patenôtres une gravité qui m'était antérieurement étrangère. L'essentiel de mon instruction religieuse était dispensé par ma mère. Au fil des promenades, elle m'inculquait une spiritualité simple, une spiritualité « béton ». Nous fréquentions beaucoup les cimetières et là, elle me parlait de Dieu, de la vie éternelle, elle parlait à sa façon qui n'était sans doute guère orthodoxe, mais qui a produit ma foi. Ses employeurs l'avaient recrutée (elle travaillait auparavant à l'usine et détestait cela) parce que, à la différence de ses sœurs, elle allait à la messe tous les matins et qu'une fille qui va à la messe tous les matins ne peut être qu'une bonne fille apte à l'éducation des enfants. Pourtant, aller à la messe tous les matins n'avait rien d'exceptionnel dans le village de ma mère. La journée commençait ainsi pour beaucoup de femmes, on « l'offrait au Seigneur ».

La religion de ma mère était une religion de la consolation, du réconfort. Elle en avait besoin. Sa propre mère était morte quand elle avait dix-huit mois, elle avait été élevée par des hommes et par une longue cohorte de sœurs, cherchant sa place, à la campagne. A onze ans, elle avait été recueillie par une famille bourgeoise du village (dont mon grand-père était l'ouvrier agricole), afin qu'elle prépare sa communion. Elle avait peu fréquenté l'école mais elle avait appris en détail son missel : la prière pour ceux qui vont au marché, la prière pour les voyageurs, la prière pour ceci, la prière pour cela. Elle s'agenouillait, avec la pieuse dame qui l'hébergeait, devant quantité d'images et de statues, devant un Sacré-Cœur sanguinolent et une Vierge des Sept Douleurs. Et la dame lui répétait : « Prie beaucoup pour que le Bon Dieu fasse de toi une religieuse… » *In petto*, ma mère songeait : « Je veux bien prier, mais ne te mêle pas de ce pour quoi je prie ; je prie pour me marier et pour avoir des enfants ! »

Elle n'était pas soumise, ma mère. Elle obéissait mais préservait sa liberté de jugement. Elle était furieuse qu'on la sorte du lit à quatre heures du matin quand le maître de maison partait rencontrer un maquignon, à sept kilomètres de là. Prière pour qu'il fasse bon voyage, prière pour qu'il ramène des bovins superbes, prière pour qu'il ne soit pas roulé par le maquignon : tant de sollicitations adressées à une heure pareille au Dieu des catholiques, franchement non. En revanche, la messe quotidienne lui demeurait naturelle, et, le dimanche, elle acceptait volontiers de s'y rendre deux fois. On ne communiait qu'à la messe basse, celle du matin, quand on était à jeun, on rentrait, on lavait la choucroute, on la mettait à tremper dans le ruisseau le temps de la grand-messe, et on la cuisait au retour. C'était une époque où chacun récitait l'*Angélus* quelle que soit son activité, dans la cuisine ou dans les prés, à midi tapant.

Non, elle n'était pas soumise, ma mère. Si elle s'était tant attachée à la pratique religieuse, qui incluait probablement une réelle dose de superstition, c'est à la fois parce que la culture ambiante était celle-là, et parce qu'elle avait découvert, après la mort de sa propre mère, qu'elle pouvait prier pour cette dernière, et ainsi s'unir à elle. Les gens qui l'avaient préparée à la communion lui avaient expliqué que sa mère n'était pas perdue, qu'elle était ailleurs, et que ses sœurs, dont bon nombre étaient mortes, n'étaient pas perdues non plus. Toute son enfance, elle avait, si j'ose dire, traîné des morts avec elle – c'est sans doute pour cela qu'elle m'emmenait souvent dans les cimetières et tenait à m'enseigner le *De profundis*. La terre où elle était née est une terre qui a connu trop d'invasions, de déchirements, de départs d'hommes pour la guerre. L'église restait l'endroit où il était raisonnable de chanter et de parler d'espérance.

On chantait, dans la famille, et ma mère chantait principalement des cantiques, dont elle possédait une collection formidable. Les mélodies étaient simples, les paroles s'apprenaient vite. Elle connaissait aussi des chansons à la mode qu'elle chantait avec ses sœurs, mais, chez elle, elle préférait ses cantiques. Nous n'avions pas la radio. Mon père a acheté un poste quand je suis parvenue au stade de la terminale, car il jugeait qu'une telle acquisition serait précieuse à mon éducation philosophique. Jusque-là, le répertoire n'a pas varié à la maison.

Voilà ma source, ma racine. Telle est la religion de mes origines – qui est restée ma religion, malgré les soubresauts du siècle.

Nous avons dû fuir Belfort (habiter près de la gare devenait suicidaire), nous réfugier à la campagne (où j'ai pu vérifier que je n'avais pas l'âme rurale), et notre traversée de la guerre a été jonchée de cérémonies, bénédicité et autres oraisons. Pour cause d'assiduité scolaire, je n'allais pas à la messe tous les jours. Mais je n'échappais pas aux neuvaines pour le retour des prisonniers, ni aux retraites prêchées par des capucins ou des rédemptoristes qui prônaient à la fois l'amour de la Patrie et l'esprit de résistance. A Belfort, les prêtres qui nous encadraient étaient opposés au régime de Vichy. Ils nous expliquaient que le *Gott mit uns* [1] gravé sur le ceinturon des Allemands était une insulte à la foi. Les instituteurs nous faisaient chanter *Maréchal, nous voilà !,* mais

1. « Dieu est avec nous. »

c'était proscrit de la maison, du catéchisme, et du patronage. On aimait mieux transborder en procession Notre-Dame-du-Bon-Retour qui ramènerait la France à elle-même (c'est-à-dire libre et, accessoirement, catholique à cent pour cent...).

Nous, les enfants du « caté », accomplissions le tour du quartier afin que chaque paroissien abrite, à tour de rôle, cette statue de Notre-Dame qui était, en outre, censée protéger la maison du malheur et des bombardements. Une voisine nous a claqué la porte au nez, clamant qu'elle se fichait de nos superstitions. Lors du raid suivant, son habitation a été détruite – la seule de la rue – et elle-même a été engloutie sous les décombres. J'ai jugé l'événement légitime et conforme à ma métaphysique du moment : « prier pour » et « prier contre », ce n'était pas quantité négligeable, refuser d'héberger Notre-Dame était un acte responsable dont on endossait les conséquences prévisibles.

Je reconnaissais là le Dieu de Moïse dont j'aimais tant entendre chanter les prouesses à l'approche de Pâques. Je me réjouissais sans arrière-pensée que Pharaon ait souffert mille morts et que *mon* Dieu ait « jeté à l'eau cheval et cavalier »...

D'une certaine manière, j'étais plus indulgente envers le curé du village où nous nous sommes réfugiés, qui a été la cause de la déportation de mon père (comme cheminot réfractaire et pilleur de convois allemands, sans être membre d'un réseau formellement constitué). Il a eu la malchance d'être expédié outre-Rhin – un cheminot, même un peu âgé, c'était bon à prendre – et la chance de ne pas figurer parmi les douze compagnons de rafle qui ont été aussitôt fusillés. Les résistants étaient nombreux dans le pays. Habilement cuisiné par des miliciens, le curé a été trop bavard, s'est laissé piéger, et a déclenché involontairement une vague d'arrestations. Tout le monde savait que l'imprudence du prêtre était criminelle, mais nul n'a rejeté pour autant la médiation de l'Eglise, les prédications, les cierges, et l'immense drap tendu sous la nef où chacun accrochait, pendant les missions, une photographie des prisonniers ou déportés que comptait la famille.

Mon père n'est pas resté très longtemps en déportation et s'en est plutôt bien tiré, mais ma mère et moi avons été, un bon moment, sans aucune nouvelle. Il était issu, lui, d'une famille qui avait racheté des biens du clergé lors de la séparation de l'Eglise et de l'Etat – ce qui avait valu l'excommunication à certains de ses parents –, et il en était fier. Il parlait comme un livre de la Troisième République, comme un pur produit des libres penseurs. Fils de cantonnier, neveu de cabaretier, il se déclarait joyeusement anticalotin et anticagoulard dans les réunions politiques. Pour autant, il ne lui paraissait pas anormal que les femmes assurent le baptême et la communion des enfants, et l'attitude de ma mère ne perturbait en rien sa vie conjugale. J'ajouterai même qu'il pratiquait de loin, de temps à autre, non point à l'occasion de Pâques, mais pour la Toussaint et les Rameaux. Ses deux temps religieux étaient liés au culte des morts : il ne manquait pas de déposer du buis ou un chrysanthème au cimetière. Un de ses frères était communiste de stricte obédience et refusa d'être enterré à l'église. Eh bien ! mon père, tout radical-socialiste qu'il fût en paroles, a rudement encaissé le coup.

C'était un homme tolérant. Il acceptait la religion peu conformiste de ma mère comme il était, lui-même, peu conformiste dans son anticléricalisme. Mon militantisme enfantin, le catéchisme, le patronage le gênaient vraisemblablement un brin, dans la mesure où il craignait que ces activités parallèles ne desservent ma carrière scolaire. Plus tard, quand je suis devenue normalienne, il a manifesté un étonnement sincère devant cette foi qui perdurait. Il m'a répété, pendant des années : « Tu as étudié, ton intelligence a été reconnue, et tu restes pratiquante ! Je me demande ce que tu as dans la tête... »

Il avait retrouvé son style Troisième République, son alacrité. Et puis l'harmonie est revenue quand il a été reçu par la mère abbesse de l'abbaye cistercienne de la Grâce-Dieu [1], institution que je fréquentais beaucoup et que je considérais comme un éventuel lieu d'accueil. Cela se passait à l'orée des années soixante, juste avant que je ne devienne professeur. Cette femme a rencontré mes parents et a complètement rassuré mon père. J'ignore ce qu'elle a dit, mais il en est sorti serein, paisible, ne paraissant plus tourmenté à l'idée que l'Education nationale recrute et propulse vers de hautes fonctions des citoyens dont l'obscurantisme est patent. Il n'a pas couru à la messe tous les matins, mais il s'est apaisé et s'est même

1. Proche de Vercel Villedieu-le-Camp, dans le département du Doubs, « mitoyenne » du célèbre camp militaire de Valdahon.

intéressé (conservant ses distances) à mes activités spirituelles. Il est vrai qu'entre-temps la trappe était devenue le pivot de ma spiritualité, et que j'avais délaissé, une fois pour toutes, mon militantisme infantile.

Cet activisme originel ne reposait certes pas sur une théologie très élaborée. Le catéchisme de mes jeunes années ne faisait ni dans la nuance ni dans la subtilité. Mais il avait d'autres avantages. Il était facile à apprendre et il permettait donc d'être aisément première. Les garçons étaient bienvenus au « caté », or j'aimais beaucoup la compagnie des mâles – ce n'est pas l'école qui nous offrait pareilles rencontres. Les jeunes vicaires du « patro » étaient drôles, beaux garçons qui plus est, nettement plus séduisants que nos institutrices. Et, le jeudi, des jeux de piste et autres divertissements nous entraînaient sur les monticules qui entourent Belfort. Je ne raffolais ni des arbres, ni de la marche, ni de la cambrousse en général. Mais j'étais chef des « âmes vaillantes », chef d'équipe, chef de l'équipe Sainte-Marguerite, dont la devise, brodée sur un fanion, était *Au but, tout droit !* Comme les militaires, nous allions en chantant :

Pour l'âme vaillante
Pure et conquérante
Le cri de victoire
Et le chant de gloire
Bravant la tristesse
Comme la mollesse
C'est net et c'est court
Le sourire... toujours !

Ce qui valait bien des sacrifices. Heureusement, il pleuvait parfois, et, sans rien perdre de ma condition de chef, j'avais droit à des projections de Charlot ou de Laurel et Hardy à la place des rituelles expéditions champêtres.

Les réunions de l'état-major du « patro » se tenaient au-dessus d'un café, La PV (La Petite Vitesse). Et mon père avait même consenti à prêter son poêle dans la mesure où le principal animateur était un brave vicaire, un honnête gars du haut Doubs, fils de paysan, rien à voir avec le curé de notre paroisse, un curé pansu et onctueux sous sa barrette, un « vrai curé qui préférait les riches », disait-on chez moi.

Ce que j'aimais, dans la religion, et qui m'y plongeait et replongeait, c'étaient les cérémonies et les fêtes. La Fête-Dieu, toute de fleurs et de bannières. Les vêpres et le salut du Saint-Sacrement, sous les ors et dans les parfums d'encens. La veille de la Toussaint, où l'on priait pour les morts et mangeait des noix, des pommes et du pain bis avec du « vin bourru », le vin nouveau. Et encore les innombrables fêtes de la Vierge, l'Annonciation (le message de l'ange Gabriel annonçant à Marie qu'elle sera bientôt la mère de Jésus), la Visitation (la visite rendue par Marie à sa cousine Elisabeth lorsqu'elle eut appris que cette dernière attendait un enfant). J'ignore combien de chapelles sont vouées à Marie dans mon pays natal, mais je crains que les Bretons, pourtant dévots, n'aient quelque peine à tenir la comparaison. Une spécialité du Territoire de Belfort était la période dite

« entre les deux Notre-Dame », qui va de l'Assomption (fête, le 15 août, de l'élévation de la Vierge vers le Ciel) à la Nativité (Notre-Dame de la Nativité, célébrée le 8 septembre). Les paysans parlaient des « œufs d'entre les deux Notre-Dame », ceux qu'on peut mettre de côté pour l'hiver sans qu'ils risquent de pourrir ou de s'abîmer. La Vierge, dans notre tradition, était la figure tendre et chaude de la communion des saints, celle qui rassemblait tous les enfants de Dieu sous son manteau. Je crois que, pour une gosse marquée par la guerre et par les souffrances de sa propre mère, cette figure était, assurément, la figure de l'espérance.

Il me semble que les points culminants de cette vie de « peuple de Dieu » étaient les Rameaux et la Toussaint. Là encore, il faut mesurer la place de la mort et des morts. Les rameaux de buis bénits de la messe, nous les portions sur les tombes des défunts de nos familles. A la Toussaint, sans attendre le 2 novembre, fête des Trépassés, nous nous rendions au cimetière en procession après les vêpres, et c'est le jour même que chrysanthèmes et bruyères fleurissaient les tombes qui avaient été, au préalable, soigneusement désherbées, nettoyées, lavées. Bien qu'issus de familles nombreuses, mon père et ma mère remplissaient cette fonction pour l'ensemble de leurs tribus respectives. J'aimais ce rite, il n'avait pour moi rien de morbide. C'était une occasion d'évoquer les disparus et l'on me racontait beaucoup d'histoires drôles sur mes ancêtres et leurs concitoyens. Les vêpres de ces jours étaient particulièrement importantes. Une année, nous y assistions dans le village de ma mère pour les Rameaux, et dans celui de mon père pour la Toussaint. L'année d'après, on permutait. Cela tenait du pèlerinage, car les transports en commun ne nous menaient guère en droite ligne à la porte de notre église.

Mais la fête la plus solennelle était Pâques, et tout ce qui la préparait. Noël, même avec sapin et cadeaux, pesait infiniment moins lourd. D'abord, Pâques était l'aboutissement d'un long carême – quarante jours – que nous observions scrupuleusement. Le mercredi et le vendredi ne souffraient aucune viande. Moi qui préfère le salé au sucré, et qui goûte volontiers la morue et les harengs, j'avoue avoir « fait maigre » sans douleur lancinante. Je ne me souviens plus si cette règle souveraine avait le moindre sens pour moi, je pense que c'était seulement l'annonce d'une célébration. Ensuite, le « climat » de la semaine sainte était à nul autre pareil. L'office des ténèbres, le chemin de croix du vendredi après-midi étaient de grands moments, non point funèbres ni étouffants, mais graves, solennels.

Quant au contenu de l'enseignement catéchistique, je m'en arrangeais et je l'arrangeais avec une liberté qui me paraît aujourd'hui fort présomptueuse. Il était revu et corrigé par mon discernement, dont je ne doutais pas une seconde. J'avais énormément d'assurance. Mon père y contribuait par son discours sur le droit à l'esprit critique. Et l'école y contribuait aussi en m'accordant une logique imbattable. Si bien que je m'emparais de ces instruments et retaillais à ma guise les leçons du « caté ». On m'avait ainsi ordonné de respecter du même élan les commandements de Dieu et les commandements de l'Eglise. Mais j'avais estimé que ces derniers étaient probablement destinés à obtenir la docilité des fidèles, et j'avais résolu, pour ce qui me concernait, d'observer les commandements de Dieu et de considérer les autres comme un objet de curiosité.

Je me rappelle que le vicaire nous distribuait des images quand nous avions été particulièrement brillants au catéchisme. Sur l'une de ces images, on voyait Eve « après la pomme », un tantinet confuse d'avoir déclenché tant de catastrophes. Moi, il me semblait que ce rôle féminin était intéressant, je souscrivais pleinement à la curiosité d'Eve et à son désir de débaucher un sexe dont je savais qu'il était faible. Qu'Adam et elle aient croqué la pomme m'a franchement réjouie, mais il me paraissait loufoque qu'ils aient dû s'habiller ensuite. Je n'ai pas été consternée non plus à l'idée qu'ils aient été « chassés du jardin d'Eden ». Mes repères familiers et préférés étant les rails, les gares, les réverbères et le macadam, je me sentais incapable d'accepter une image aussi rurale du Paradis. Je n'aimais les foins, les regains et les moissons que dans les poésies, j'adorais la campagne par écrit, surtout quand se profilait le spectre des cours de couture. Nous pouvions échapper à la « pièce à quatre coins » et être « détachées » en écriture pendant ces heures-là. J'alignais les rimes riches pour éviter les points de surjet, prise de lyrisme bucolique afin de n'être pas astreinte au maniement de l'aiguille. Quant au reste, j'étais prête à me laisser volontiers chasser de tous les jardins de la Création.

J'avalais les paraboles avec beaucoup d'aisance, comme j'avalais les contes régionaux ou bien, à l'école, l'assemblage de petites histoires qu'on baptisait cours d'histoire. Zachée [1], vif et curieux, me plaisait fort. Le berger qui s'écartait du troupeau pour partir à la recherche d'une seule brebis égarée devenait un ami personnel. J'adaptais, je tirais de là ce dont j'avais besoin pour vivre, dans une complète jubilation. L'impression dominante que je retenais était que juger à l'emporte-pièce était imprudent, que le bon et le juste n'étaient pas si faciles à définir. Dans l'Evangile, les enfants et les pauvres étaient particulièrement bien traités, et cela me convenait.

Encore une fois, le mysticisme ne m'étouffait guère et mon rapport au sacro-saint « caté » était amplement d'ordre sportif. J'ai refusé d'entrer en sixième à onze ans, parce que j'estimais qu'il me fallait une année complète pour préparer ma communion. Contrairement aux apparences, cela en dit plus long sur ma flemme que sur ma piété. Le « patro » m'absorbait beaucoup, je vendais du buis à droite et à gauche, je prêchais l'épicier, et, par-dessus tout, j'avais très peur que l'examen d'entrée en sixième (qui était alors de rigueur) ne m'empêche de compter parmi les quatre ou cinq champions de catéchisme toutes catégories, dans la bonne ville de Belfort.

1. L'Evangile selon saint Luc rapporte que Zachée, publicain, c'est-à-dire collecteur d'impôts (fort impopulaire auprès des contribuables), était grimpé sur la branche d'un arbre pour guetter le passage de Jésus ; et que ce dernier, touché par la sincérité du personnage, suscita le scandale en s'invitant chez lui.

Et pourquoi voulais-je, à tout prix, décrocher la médaille ? Non pour gagner le Paradis, mais pour être sélectionnée, le jour de la confirmation, à la basilique Saint-Christophe où l'évêque en personne questionnerait la poignée d'heureux élus. Mes parents ne nourrissaient aucune ambition scolaire à mon sujet, si bien que j'ai obtenu sans mal de rester dans le primaire. Et j'ai gagné. L'évêque m'a interrogée fort benoîtement au terme d'une année paisible. Je fus l'idole de ma paroisse et je succombai avec ivresse au péché d'orgueil.

Contrairement à plusieurs amis – et, peut-être, à plusieurs générations –, je n'ai guère été traumatisée ni même affectée par les interdits, l'évocation des flammes de l'enfer et autres épouvantails fréquemment brandis devant les âmes fraîches ou frustes. Je ne me demandais pas quel crime j'avais bien pu commettre pour que le Christ fût obligé de s'aventurer jusqu'au mystère de la croix. Ni enfant, ni adolescente, en tout cas. Lorsque j'étais en khâgne, le professeur de philosophie m'a déconseillé de me spécialiser dans sa discipline car il me jugeait trop rebelle à l'angoisse métaphysique. Il voyait juste. Jeune ou moins jeune, j'ai toujours eu la religion euphorique, une religion de la convivialité, de la procession, du pèlerinage. Est-ce parce que j'étais fille unique ? J'ai toujours recherché la compagnie des autres et la pratique religieuse, pour moi, c'était d'abord « être avec ».

J'ai joui et je continue à jouir d'une sorte de santé, de « forme », qui répugne à cultiver l'inquiétude. Au catéchisme, je considérais que le péché « mortel », ce n'était pas pour moi. Ou alors qu'il s'agissait d'une figure rhétorique, d'une définition arbitraire, assez comparable à ce que prononçait ma mère lorsqu'elle m'avertissait : « Le Bon Dieu t'a punie ! » Je prenais la menace très au sérieux, je m'asseyais contre un mur, sachant que le mur étaye la tête au moment de la gifle et protège l'arrière-train d'une possible fessée. Je me raidissais dans l'attente du châtiment. Mais, au fond de ma cervelle, je réfutais l'idée que Dieu ait choisi entre ma mère et moi, qu'il ait pris parti.

Je crois n'avoir jamais eu peur de l'enfer, ce ressort de tant de sermons et d'algarades. L'enfer, comme le péché « mortel », me semblait appartenir au bric-à-brac que se fabriquent certains hommes pour que les autres hommes les laissent en paix. J'avais à ma disposition une armada de saints capables de me protéger en toutes circonstances, y compris, pensais-je, des rôtisseries souterraines ou du chagrin que j'aurais éprouvé à l'idée qu'un de mes amis fût mûr pour la broche. Cette dernière hypothèse me tracassait plus que celle de ma propre damnation.

J'étais, en particulier, très préoccupée par le destin des « impies » – j'avais une amie juive qui portait l'étoile jaune, et je n'imaginais pas une seconde qu'elle fût privée du Ciel. J'ignorais le sens exact du mot « impie », mais les communautés juive et protestante de Belfort étaient importantes et, dans mon milieu, je n'ai perçu nul trouble de ce côté-là, sinon pour déplorer les épreuves infligées aux Juifs. Quelque chose me suggérait que les « impies » de Belfort, notamment ceux qui souffraient de la guerre et du racisme, ne pouvaient, pour comble, être frustrés de la grâce divine. Tout propos allant à l'encontre de cette conviction irraisonnée était, selon moi, sans valeur, typique des démêlés du genre humain et parfaitement étranger aux voies du Seigneur. De la même manière, je me méfiais spontanément des missions destinées à convertir les Noirs d'Afrique (et notamment de saint François-Xavier, qui ordonnait aux « indigènes » de s'agenouiller, selon un vitrail de l'église paroissiale de ma mère). Je me demandais pourquoi on ne les laissait pas tranquilles, les « indigènes », pourquoi ils étaient contraints de courber l'échine devant un monsieur en chasuble d'or.

Une chose m'a perturbée, cependant, dont ma mère m'entretenait souvent : c'est ce qu'elle nommait « la mort des innocents », la mort des jeunes enfants. On m'avait montré une petite fille morte, en robe blanche, et l'on m'avait dit que les défunts trop précoces – et baptisés – allaient immanquablement au Ciel. Cette affaire de statut spécifique des petits enfants baptisés, ce blanc qui signifiait implicitement que, si l'on mourait plus tard, on mourait moins blanc, tout cela me paraissait étrange et contredisait, en un sens, les prières d'espérance, très sereines, que récitait ma mère au cimetière. Quant aux nimbes…

J'ai donc été épargnée par l'effroi qui saisit les enfants au moment où la lumière de la chambre va s'éteindre. Les inquiétudes, ponctuelles ou chroniques, qui ont émaillé ma vie ne sont pas de cet ordre-là. J'ai eu (ou j'ai) peur de la séparation, de la guerre, de l'accident. Mais pas de l'obscurité. L'obscur, à l'évidence, accompagnait la religion, beaucoup de choses paraissaient mystérieuses, impénétrables ou bizarres. Toutefois, je n'assimilais pas l'obscur, ni le mystère, aux ténèbres, à la menace. Je n'ai guère anticipé sur le temps infini que je passerais au Purgatoire. La religion m'a été donnée avec le folklore, au sens très exact de ce terme, un folklore jovial et chaleureux.

A la messe, par exemple, j'étais absolument persuadée que le vin du calice se transformait effectivement en sang. Mais je n'en étais nullement remuée, éblouie que j'étais par l'église pseudo-gothique (une horreur…), par la reproduction d'une mosaïque byzantine qui décorait la chaire. J'étais émue par les cantiques, par ces chants qui s'inspiraient encore du grégorien. Même si mon église paroissiale était très laide (alors que Belfort comporte une basilique très belle), c'était pour moi un premier accès à l'esthétique – dont la recherche n'était certes pas ma culture d'origine. Plus tard, j'ai découvert le roman et le (vrai) gothique, j'ai découvert les vitraux de Fernand Léger à Audincourt, ou Notre-Dame-du-Haut, construite par Le Corbusier à Ronchamp. Reste que, selon mes yeux d'enfant, le sommet de l'art lyrique et de l'architecture devenait accessible le dimanche matin, au coin de ma rue.

J'en voulais un peu au Christ, qui tardait à m'apparaître, et je jugeais plus sympathique le comportement de la Sainte Vierge, qui n'hésitait pas à se manifester ici et là – on m'a expliqué que Marie, dont le rôle est d'intercession, agissait fort bien en l'occurrence, mais que, venant de Jésus, c'eût été un rien malséant. Bref, le mystérieux me convenait, nourrissait mes rêves et ma bonne humeur. Je détestais, en revanche, la pénitence et, pire, la mortification. Un été où j'étais en colonie, vers la fin de la guerre, une méchante âme nous a incités à garnir nos sandales de cailloux afin que cette souffrance nous purifie. Je souffrais déjà de la minceur des semelles et des clous qui ressortaient, je les offrais au Seigneur avec un enthousiasme très relatif, et j'estimais que cela suffisait en matière de sacrifice et d'immolation.

Je faisais mon tri, sans vergogne.

La messe, *très bien*, même si je chahutais ou m'amusais à déséquilibrer ma voisine lors des épisodes que je décrétais secondaires : j'avais besoin de remuer et de me faire remarquer ; pour me punir, on m'installait à genoux sur la première marche au pied de l'autel, mais j'étais convaincue que Dieu ne m'en voudrait pas pour si peu. Et puis la messe (je parle de la messe chantée de 9 h 30, pas de la messe de 11 heures, dont on disait, autour de moi, qu'elle était celle du « beau monde » ou des « fainéants », ni de celle de 8 heures, que fréquentait ma mère afin de vaquer ensuite à ses fourneaux et qu'une voisine avait aimablement qualifiée de « messe des bonniches »), la messe, donc, était un formidable terrain d'observation. Je connaissais toutes les oreilles de la paroisse, les grandes, les petites, les décollées, les poilues. Je savais qui chantait juste et qui chantait faux. Et j'avais identifié le missel de chacun.

Un gros regret, quand même : celui de ne pouvoir être servant, ni pénétrer dans le chœur – je jouais à dire la messe avec mes copains, les morceaux de sucre remplaçant les hosties, et j'imaginais que, tôt ou tard, l'injustice qui me frappait serait réparée et que j'endosserais la pourpre cardinalice.

Les indulgences, *non, sans façon*. L'idée que telle prière vous valait trois cent soixante-cinq jours d'indulgence, et le double si vous veniez de communier, m'apparaissait carrément grotesque.

Les sermons, *plutôt oui*. En règle générale, j'étais bon public. Sauf pour le curé de ma paroisse, celui dont mes parents répétaient qu'il préférait les riches. Lui, je ne l'écoutais pas. Mais j'appréciais les autres, notamment leur habitude de commencer l'homélie par une histoire, et même, quelquefois, une histoire humoristique, ce qui m'aidait à digérer les considérations trop savantes. En Angleterre, on procède encore ainsi, de façon savoureuse.

La confession, je la pratiquais régulièrement, mais *sans passion*. Nous la préparions au catéchisme, munis d'un questionnaire détaillé dont il fallait cocher les cases. Cela ressemblait tellement à l'instruction civique des institutrices que je n'y décelais aucun parfum original. Avais-je menti ? Oui. Combien de fois ? Cinq fois. Des gros mensonges ? Non, des moyens mensonges. Des mauvaises pensées ? Voilà une pensée incompréhensible… La routine, le train-train.

Un vrai problème me taraudait infiniment plus que le vertige des ténèbres insondables ou l'opacité de tel sacrement : je ne comprenais pas pourquoi l'école Notre-Dame, l'école des sœurs, était l'école des riches alors qu'elle s'affichait ouvertement religieuse (je précise que la condition de « riche » n'était, à mon avis, nullement enviable). Ce constat m'était une énigme et me plongeait dans une sorte de tristesse. Je n'étais pas loin de conclure que les riches, ayant plus de choses que les autres à se faire pardonner, étaient rejetés par l'Eglise au point que celle-ci leur infligeait un traitement spécial en vue de les racheter. Elle ne présentait aucun intérêt, cette école : elle n'était pas plus mixte que la communale, les sœurs enseignantes accompagnaient leurs élèves à la messe, et l'idée que des malheureux parias fussent ainsi placés en quarantaine dans un enclos où l'on mêlait les genres – l'église et l'école –, cette idée me serrait le cœur. Etre élève et ouaille tout à la fois me paraissait bien lourd…

Je me rappelle clairement une discussion entre mon père et ma mère à propos de mon éventuel transfert à l'école des sœurs. Quelques honnêtes paroissiennes étaient intervenues en ce sens, étonnées qu'une petite fille si manifestement catholique fréquentât une école qui ne l'était si manifestement pas. Les honnêtes paroissiennes en question étaient tellement sincères qu'elles étaient prêtes à aider financièrement mes parents. Ces derniers ont décliné l'offre, et je leur en ai su gré, avec un vif soulagement. Car j'avais un instinct de la laïcité extrêmement fort. Je ne parlais pas de ma foi à l'école, et l'on ne m'en parlait pas. Il y avait des jours pour la vie religieuse et des jours pour les dictées.

De la même façon, le dimanche comportait ses rites profanes et ses rites religieux clairement séparés. D'abord, c'était la douche. Nous n'avions pas de salle de bains et nous étions autorisés, mon père et moi, à prendre une douche au « bâtiment des agents de train » – une douche puissante, à vous décaper le plus charbonneux des cheminots. Puis ma mère m'expédiait à la messe, passant en revue le plumage et le ramage : les gants, le chapeau, les chaussettes blanches bien tirées, le missel, le chapelet, le repentir, le jeûne strict sans lequel la communion n'était pas possible, les « intentions de prière » (ne pas oublier l'oncle malade !). La fête du déjeuner était vraiment celle de la famille : le menu était choisi parmi cinq ou six dignes de pareil honneur, une nappe recouvrait exceptionnellement la toile cirée. Bref, nous étions, tous les trois, « en dimanche ».

Ne pensez pas que je rapporte mes souvenirs d'enfance pour le plaisir de m'attendrir et de régresser. Si je les livre ici, à l'orée de cette réflexion publique, c'est parce que le socle de ma foi est réellement là. Ma joie d'être chrétienne, ma liberté de jugement ne sont pas des conquêtes remportées une à une sur des névroses dont je me serais peu à peu défaite, ou des contes et légendes que j'aurais transformés en exégèse argumentée. D'une certaine manière, tout est là, dès mes quatre ans : à la fois l'esprit critique, le goût de l'autonomie, et celui du partage. Quand je dis que ma religion est celle de ma mère, qu'elle est « populaire » et gaie, je ne signale pas seulement une origine sociale et les usages qui lui étaient appariés. Je revendique fermement cet ancrage très au-delà des attachements sentimentaux. La « théologie » de ma mère n'est pas, pour moi, une réminiscence délicieuse et pittoresque. A quelques variations formelles près, c'est ce que je crois, et c'est ma manière de croire.

Les lecteurs de notre fin de siècle mesureront, après ces lignes, combien le témoignage que j'essaierai d'apporter est fortement entaché d'anachronisme. Je suis issue de ce qui s'est, précisément, évanoui au fil de mon âge adulte : la chrétienté, tissu commun de mots et de signes, lien d'appartenance donné avec la vie biologique et sociale. J'ai vu, sans nostalgie ni désir de croisade, cette chrétienté s'estomper. J'en ai pris acte assez calmement. Mais je n'ai pas, pour autant, renié mes origines, dans la mesure où cette appartenance forte n'entraînait, chez moi comme chez ceux qui m'ont éduquée, nul renoncement au jugement singulier, nulle dépossession, nulle abdication. La chrétienté n'est plus mais je reste, moi, fille de ma mère qui était fille de cette chrétienté. Je ratifie la description que donnait Banine [1] des croyants qui m'environnent : « En gros, les catholiques de France se composent, d'une part, du clergé séculier et régulier et, d'autre part, d'une foule de vieux qui se dépêchent avant leur mort de se réconcilier avec Dieu. Entre ces deux catégories, une portion minime de gens dont la foi ne tient pas à l'âge… »

Le lecteur comprendra peut-être, du même coup, pourquoi je ne pose pas à l'intellectuelle en matière de religion. Il n'y a là ni coquetterie ni populisme. Ma formation d'enseignante et une carrière passée au service de

1. Umm-el-Banine, dite Banine tout court, originaire d'Azerbaïdjan, a relaté dans un ouvrage marquant l'itinéraire de sa conversion, entre 1950 et 1956 : *J'ai choisi l'opium*, Paris, Stock, 1959.

l'instruction publique attestent que la connaissance avertie et la raison raisonnante me sont très chères. Il n'empêche – j'en demande pardon au lecteur plus averti – que ma religion, pour l'essentiel, n'est pas construite sur ces fondements-là. Je ne suis ni théologienne, ni exégète, ni historienne du catholicisme. Je suis une croyante qui s'émerveille de croire mais ne s'en étonne pas chaque matin que Dieu fait, une simple croyante sans doute un peu simple, un peu « demeurée », un peu restée en enfance, proche parente du « Ravi ».

2

L'abbesse et le proviseur

Mes parents auraient fort bien accepté l'idée que mes études s'interrompent à l'orée de la sixième. Mais j'étais lancée, malgré ma pause-communion, et mon énergie scolaire m'a conduite, après Belfort, à la khâgne de Besançon, et enfin à l'Ecole normale supérieure de Fontenay. J'ai donc rencontré, tardivement, ce qu'il est convenu d'appeler des intellectuels chrétiens. Notre aumônier de khâgne, le père Gilles, était d'excellente pointure. Et, à Paris, j'ai régulièrement eu affaire au père Dasboville, aumônier de Saint-Cloud [1], ou à l'abbé Lustiger, qui animait le centre Richelieu, repaire des « talas » du quartier Latin…

Grâce à ces rencontres, je pourrais tenir quelques lignes, voire quelques pages, sur Emmanuel Mounier et le personnalisme chrétien. Mais ce serait un exercice de style. Ce que j'ai ratifié, alors, c'est que la vérité de mes

1. A l'époque, l'Ecole normale supérieure était partagée entre établissements « classiques » (rue d'Ulm pour les garçons, Sèvres pour les filles) et « modernes » (Saint-Cloud pour les garçons, Fontenay-aux-Roses pour les filles).

douze ans était et reste ma vérité. « L'approfondissement de ma foi », selon l'expression qui était en usage à la JEC [1], ne fut pas, ne fut jamais une démarche cérébrale. Bien sûr, certaines lectures – Claudel, notamment – suscitaient chez moi un écho très vif. Pour l'essentiel, toutefois, cela demeurait un épiphénomène, une vague de surface. Quelques amis ont ainsi été sérieusement tracassés par l'historicité du Christ. Je jugeais la question intéressante, elle piquait ma curiosité, mais au même titre que l'influence de la Bible sur la littérature anglaise ou la révolution picturale qu'apporta la Renaissance.

Une fenêtre s'ouvrait, je ne dédaignais point de m'y pencher ni d'apprécier le paysage. De Mauriac à Daniel Rops, en passant par Marc Oraison, qui sentait le soufre et inaugurait une réflexion courageuse sur la sexualité, les occasions de se former ne manquaient pas. Il y avait la « semaine des intellectuels catholiques », la « semaine de la pensée marxiste ». Il y avait *Témoignage chrétien*, plus intrépide que ses confrères en cette fin de guerre d'Algérie, il y avait le PSU, brouillon et généreux, et le traumatisme des prêtres ouvriers crossés par Rome… Je me suis jetée sur toute cette production, dans cette fournaise appétissante, et pendant une année j'ai même voulu envoyer promener les contes de bonne femme, les histoires de charlatan qui avaient escorté mon enfance, je me suis juré de les passer à la moulinette d'une critique solide. J'ai été heureuse de croiser tant d'œuvres, de livres, un peu comme j'ai été heureuse de visiter Flo-

1. Jeunesse étudiante chrétienne.

rence ou de découvrir l'*Oratorio de Noël* et la *Messe en si* de Bach (aujourd'hui, ce serait plutôt le *Requiem* de Fauré). Mais, au bout du compte, je ne me sentais pas atteinte de façon personnelle, intime.

Malgré tout, ma foi campait sur ses positions, celles de la veille de ma confirmation, même s'il m'apparaissait extravagant que j'aie été capable, naguère, de hisser *Loué soit à tout instant Jésus au Saint-Sacrement* au pinacle de l'art sacré. Les excellentes conférences qui nous étaient offertes à Fontenay pesaient moins lourd, à mes yeux, que les réunions de prière, en particulier la prière du soir que chaque étudiante préparait à tour de rôle et qui était dite quotidiennement dans une chambre.

Ce qui a réellement modifié, très vite, ma vie spirituelle, c'est l'abandon radical et définitif de tout prosélytisme. En khâgne, j'ai compris qu'il fallait renoncer à convertir mes semblables, j'ai délaissé le « militantisme » pour me contenter de « porter témoignage ». Se savoir et se déclarer témoin signifiait savoir ce que j'avais à dire sur ma propre foi, et m'efforcer de fonctionner au mieux, mais au mieux des chrétiens dont j'étais, sans prétendre annexer quiconque.

En l'occurrence, je ne m'éloignais pas de ma famille, je m'en rapprochais encore. Ma mère avait souffert de l'intolérance de son propre père, qui lui disait : « Tu vois la porte ? Eh bien, épouse un gars des Baléares, tu la franchiras dans ce sens et plus jamais dans l'autre !... » Un temps, quand elle fréquentait des amies protestantes, elle avait songé à délaisser le catholicisme parce qu'elle ne prisait pas l'obligation de se confesser. Lorsqu'elle annonça ce projet à mon grand-père, il lui dit : « Eh bien, si tu te crois plus maligne que toutes les générations de tes ancêtres, c'est que tu n'as plus rien à faire ici !... »

Je pense que mes parents ont autant vécu de tolérance que d'honnêteté ; que ces deux éléments ont charpenté, indissolubles, leur existence, leur union, leur discours. Mon père tolérait sans douleur que je fréquente le « patro », mais me flanquait une raclée si je m'y rendais sans prévenir. En fait, je mesurais très nettement où devait s'arrêter ma religion pour qu'elle soit tolérée par mon père. Ces marques – comme on le dirait d'un terrain de sport – jointes au cosmopolitisme de ma ville natale ont été mes remparts contre le sectarisme, qui n'épargne ni les fidèles ni les papes.

Une bénédiction supplémentaire fut la trajectoire que j'empruntai pour devenir professeur de l'enseignement public. La khâgne, l'Ecole normale constituaient un antidote, un poinçon de garantie contre le dérapage prosélyte. Mes condisciples et moi consacrions quelques heures à nos chapelles respectives, et, le reste du temps, nous nous frottions entre gens d'obédiences très variées. Au début des années soixante, le marxisme était une valeur sûre et forte ; *Clarté*, le journal des étudiants communistes, avait nettement plus d'allure que *Promesses*, celui de la JEC. En ce temps-là, l'intellectuel qui impressionnait son monde était, peu ou prou, membre « du » Parti. Les professeurs « talas » et qui ne s'en cachaient pas étaient rares. A Paris, le déséquilibre des forces était moins marqué, mais, à Besançon, il était accablant. La prose marxisante était en outre fort prisée dans les dissertations : c'était musclé, cela sonnait clair, et il en résultait maintes joutes vigoureuses. J'avais plaisir à entrer dans le cercle des lutteurs, mais c'était pour le plaisir, ce n'était pas pour vaincre. Quoique…

Autant je déployais mon zèle en participant à toutes les activités de la paroisse, autant j'évitais de racoler qui que ce soit. Témoigner n'était pas recruter. Je disais qui j'étais, ce en quoi je croyais, à quelle messe je me rendais. Je revendiquais le droit de ne pas me cacher, le droit de ne pas donner à croire que je ne croyais en rien. Durant ma khâgne, ce droit n'était pas acquis. L'internat compliquait les choses, l'autorisation de se rendre à la messe devait être sollicitée. Qui plus est, à Besançon, ville de curés s'il en est, le gros des troupes pratiquantes était constitué de grands bourgeois dont la charité n'était pas évidente – peut-être immense, mais assurément secrète. Puissance, richesse et piété allaient du même pas (sans compter le conformisme ambiant : le ciné-club de la CGT était infiniment plus vivant que son concurrent de la très bien-pensante Association culturelle franc-comtoise). J'ai compris, au fil des années de khâgne, que l'Eglise était un appareil de pouvoir, et que me réclamer de cette Eglise ne m'interdirait pas, au contraire, de m'en démarquer dans ses manifestations temporelles.

J'avais un cousin séminariste, à Besançon, fils de cheminot un peu perdu parmi les rejetons d'opulents propriétaires terriens. J'observais ses professeurs, j'observais la pesante institution, j'écoutais les dignitaires, j'entendais le discours moralisateur qui était la règle. Et je concluais que ma foi n'excluait pas l'idée de m'engager contre cette figure de l'Eglise à laquelle j'appartenais du point de vue des fins dernières, mais non pas des réalités sociales et humaines.

On l'aura compris, j'étais coincée dans une alternative féroce : ma foi ne puisait ses racines ni dans les subtilités de l'intellect ni dans la fascination pour la puissance. Voilà, me semble-t-il, pourquoi j'ai été attirée par la trappe, par la spiritualité cistercienne [1], par les communautés monastiques, les retraites et les cloîtres. Après mon flirt avec l'intelligentsia catholique, je suis revenue à ce qui me nourrissait le mieux : non plus le folklore, qui s'était partiellement désenchanté, mais la force de toujours, la messe chaque matin. Ce n'était pas du mysticisme, c'était une passion plus sereine et plus élémentaire, moins lyrique peut-être, violente sans emportement.

J'ai eu la chance de séjourner en Angleterre, d'y pratiquer toutes les religions chrétiennes disponibles, et de rencontrer, dans la famille qui m'accueillait, un vieux monsieur paralysé que je soupçonne d'avoir été, lui, un vrai mystique. Il est mort très peu de temps après mon retour en France et m'avait dit, en guise d'au revoir, que puisque je rentrais à Paris il n'allait pas tarder à quitter la vie. Il a tenu parole ; huit jours avant son décès, il a expliqué au pasteur que la seule chose qui l'attristait,

1. Issue de l'ordre de Cîteaux, où s'installa, en 1098, une communauté religieuse se réclamant de saint Benoît. Saint Bernard réforma l'ordre au début du douzième siècle.

c'était d'abandonner un monde passablement chaotique, désordonné. Il était anglican, mais sa religion dépassait tous les péages religieux, toutes les douanes et frontières. Un sentiment que j'éprouvais aussi quand je lisais Rabindranath Tagore [1], le poète indien auquel j'ai consacré mon diplôme d'études supérieures. Un sentiment de liberté.

Et ce sentiment de liberté, j'allais le faire mien plus encore. Un scrupule m'arrête, à l'instant où je vais évoquer ce deuxième virage de mon chemin de foi – la communion de mon enfance fut le premier, la spiritualité cistercienne fut le second et, en un sens, le dernier. Est-ce que je ne me raconte pas des prophéties, comme les gens qui s'inventent *a posteriori* des prémonitions ? Est-ce que je ne me raconte pas une foi qui ne serait qu'un récit, un tribut payé à je ne sais quoi ? Il m'arrive de songer : « Peut-être que je me plais à croire cette histoire. Peut-être que, si l'on ôtait la foi de ma vie, je serais exactement la même. Peut-être que cette foi n'est qu'une manière de désigner mon plaisir de vivre, voire mon plaisir de nouer des contacts avec les autres humains. » Presque aussitôt, le démenti survient : « Non, c'est le contraire, je creuse un sillon très obstiné. Le reste de ma vie ne s'explique que par cette "foi du charbonnier" qui draine tant d'archaïsmes, qui ressemble si peu au catéchisme de maintenant, qui me rend si daltonienne en tant de domaines, à commencer par la politique. Je n'ai ni pouvoir ni puissance hors d'elle. »

1. 1861-1941. Né à Calcutta et prix Nobel en 1913.

Avant de vous conter mon entrée au monastère, il faut que je rende hommage à « la Chauffe », par qui la suite est advenue. « La Chauffe », de son vrai nom Mlle Chauffardet, était, en khâgne, mon professeur d'histoire. C'était un être de partout et de nulle part qui inculquait, durant ses week-ends, le catéchisme aux enfants de Haute-Saône. « La Chauffe », s'étant fait chauffer les oreilles par l'inspecteur, qui ne goûtait point sa pédagogie, a riposté en ces termes : « Puisque je suis devenue le serviteur inutile dont parle l'Evangile, je m'appliquerai à démontrer que le serviteur inutile n'est pas si inutile que cela. » Et « la Chauffe » a quitté le service actif, puis s'est embarquée pour l'Afrique, où elle a enseigné l'histoire au séminaire de Ouagadougou...

Telle était « la Chauffe » ! Généreuse et patiente, étonnante d'érudition et de conscience professionnelle, mais aussi bouleversante d'humilité, une humilité dont nous abusions comme l'auraient fait tous les élèves de tous les temps. Cet âge est cruel ! Je subissais, dans ces années-là, de longs séjours à l'infirmerie du lycée : rhumatismes articulaires et migraines... « La Chauffe » faisait à l'infirmerie des « apparitions » dont toutes les malades bénéficiaient. Fruits, gâteaux de toutes sortes, elle déversait sur nous, avec une timidité maladroite, des tonnes de douceurs.

A-t-elle senti que je m'efforçais, durant cette période, de passer ma foi au crible de la raison raisonnante, que je considérais le doute comme un exercice intellectuel indispensable, qu'en somme je pensais intelligent de m'appliquer à renier ma foi ? A-t-elle compris que je revenais à Dieu par le chemin de la souffrance ? Les conversations profondes et les échanges spirituels vrais et simples que j'avais avec l'infirmière, esprit libre doté d'une réflexion totalement anticonformiste, foi vive et lucide, ont-elles eu le moindre écho aux oreilles de « la Chauffe » ? Je ne sais. Je n'ai toujours pas l'explication de la proposition qu'elle me fit un jour, audacieuse et farfelue, qui avait toutes chances, à vues humaines, de ne provoquer que mon hilarité. Usant de quelque force surnaturelle, « la Chauffe » réussit à m'embarquer vers Bazoilles-et-Mesnil par Mattaincourt, au début d'un mois de juillet, pour participer à une retraite spirituelle d'institutrices de l'école laïque chez l'extraordinaire chanoine de Rozières.

Quel homme, quel prêtre, et quelle étonnante maison, sur cette terre de Lorraine, près de Mirecourt (le pays des luths et des mirabelles), mais aussi de la Colline inspirée ! A la gare nous attendait l'acolyte du chanoine, aussi antique que la voiture d'enfant en osier qui recueillait les bagages des retraitantes – elles-mêmes n'étant pas « de la dernière rosée », selon une formule chère à mon père. La grande silhouette du chanoine, à peine voûtée, nous guettait sur le seuil, et sa voix vibrante avait une autorité d'un autre monde, d'un autre temps. C'était un vieux monsieur lorsque je l'ai connu, beau et distingué. La voix du chanoine de Rozières m'a aspirée, et, année après année, aussi longtemps que cela a duré, j'ai retrouvé Bazoilles et la « chère » maison, comme disait le chanoine, de Notre-Dame du Bon Conseil.

Certes, mon enthousiasme ne se levait pas avec l'aube

et c'était laborieux de répondre *Deo gratias* quand le chanoine passait dans le couloir à grandes enjambées, aux aurores, pour nous sonner le réveil en nous lançant un *Benedicamus Domino* ! Journées au silence, à l'exception de deux joyeuses récréations après les repas, prières, offices, méditation dans un parc où nous attendaient Notre-Dame de Lourdes et d'autres statues. Lectures pendant les repas – j'entends encore : « *Bernadette et Lourdes*, par Michel de Saint-Pierre, suite… » Prédications aussi : jésuite, dominicain, franciscain se succédaient d'année en année, judicieusement choisis, « sélectionnés » même, par le chanoine. De quoi rigoler sans retenue.

Surprise : je me retenais. Moi qui suis un pur produit du macadam et qui revendique à toute heure mon indépendance, j'étais « empoignée », saisie. Sans masochisme aucun. J'étais bien, j'étais calme, j'étais heureuse, euphorique même.

L'éloquence de mon hôte n'y était pas étrangère. Ni son esprit. Le chanoine de Rozières est mort, aujourd'hui, mais il reste un compagnon quotidien. Je l'entends, je le vois. Il plaisantait de lui-même : « De rose hier, bien fanée aujourd'hui… » Il avait un étonnant sens de la formule : « Mesdames, mesdames ! Bénir un cierge ne l'empêche pas de brûler ! », ou bien, interrompant les effusions de fin de retraite : « Qui trop embrasse manque le train… » Il disait que les crises mystiques ne se déclenchent jamais à l'heure du déjeuner. Il disait n'avoir pas observé un chrétien, à la chapelle, qui ne sursaute quand le prêtre toussote, quand bien même ledit chrétien semble en compagnie des anges. Il disait qu'il est plus facile, pour une religieuse, de dormir pieusement dans sa stalle que d'accomplir une nuit de garde à l'hôpital. Il disait encore que le mysticisme ne va pas sans discipline, que l'un sans l'autre devient faux. C'était ce qu'on appelle un caractère, un homme impatient, impérieux, intense. Je suis revenue l'entendre, et prier. Je me suis accommodée de cet ordonnancement invraisemblable. Et j'ai été de surprise en surprise. Lors d'un séjour, j'ai ainsi croisé un aumônier de la prison de Nancy, le père Brandicourt, qui était un étonnant montreur de marionnettes, qui passait presque sans transition des homélies savantes à l'art le plus populaire. Je crois que le bien-être qui m'envahissait là-bas provenait, pour une bonne part, de ce mystérieux mélange : les gens simples y accouchaient de choses subtiles, et les subtils ne dédaignaient pas les choses simples.

C'est lors d'une de ces pittoresques retraites que j'ai lié amitié avec une institutrice, une fille de cheminot (pas de doute : les chemins de fer et le Bon Dieu sont invariablement associés au fil de mon existence). Elle me dit que nous pourrions nous revoir lors d'une de ses brèves escales à Belfort, quand elle partait rencontrer une amie trappistine à la Grâce-Dieu, près de Baume-les-Dames dans le Doubs. Ces moniales cloîtrées m'intriguaient. Je glissai qu'une visite à la trappe m'intéresserait. Cela devint possible en 1959, car la mère abbesse d'alors avait décidé d'ouvrir l'« hôtellerie » de son couvent à quelques voyageurs qui n'appartiendraient pas aux familles des religieuses.

Je ne pense pas qu'à l'époque le mot « cistercien » ou le mot « trappiste » aient eu pour moi le moindre sens. L'existence même d'ordres religieux ne m'avait certainement pas donné à réfléchir, sinon lors des cours d'histoire. J'avais entendu la voix de saint Bernard au « son et lumière » de Vézelay (ce type de spectacle en était à ses débuts). Et voilà tout. Mais la curiosité l'a emporté. J'ignorais ce qu'était une trappe. Je savais, en revanche, ce que c'était que prier dix heures par jour. Je suis donc partie pour la Grâce-Dieu, et je n'en suis toujours pas revenue.

J'ai découvert qu'un monastère est construit, de préférence, au bord d'une rivière et au creux d'une vallée. La rivière, à la Grâce-Dieu, s'appelle l'Audeux – affluent du Doubs –, il passe en clôture. La vallée est une sorte de bout du monde, avec des roches affleurantes et une infinité d'espèces d'arbres – les forêts sont superbes en automne et irrésistibles l'hiver. Quant à l'« hôtellerie », j'ai servi de cobaye. Le premier prospectus édité par la maison garantissait vaillamment « eau courante à proximité ». Les sœurs étaient fort honnêtes : le concept de « proximité » n'induit aucune mesure précise, ni en temps ni en distance, et cela tombait juste.

En ma qualité de cobaye, j'ai été présentée à la mère abbesse. Et j'ai fait la connaissance de la sœur Anne-Marie, qui avait été institutrice avec ma compagne de voyage. Sœur Anne-Marie avait même été une institutrice très intrépide, elle avait conduit une des premières voitures qu'on ait vues rouler dans les Vosges. Et puis, d'un seul coup, elle avait basculé à la trappe, où elle était devenue « tourière ». Les quatre tourières étaient les seules religieuses qui avaient le droit de communiquer avec l'extérieur. Les autres étaient tenues d'observer strictement la « clôture papale », derrière des grilles épaisses. A l'époque de mes premières visites, d'ailleurs, le concile de Vatican II n'avait pas encore porté ses fruits et l'unique voie de communication était effectivement un tour (aujourd'hui, les personnes et les biens passent par une porte). Je séjournais donc en lisière de la clôture, accédant à la chapelle par une entrée distincte qui conduisait au chœur : les moniales étaient séparées par de doubles barreaux.

Comme dit Claudel, « j'ai fait le moine ». Sept fois le jour, je suis retournée à cette chapelle, ne manquant aucun office. Le papillon qui se frotte à une grille de cloître y laisse forcément un peu de la poussière colorée de ses ailes, disait le chanoine de Rozières. C'est ce qui m'est arrivé : l'empreinte des grilles m'est restée sur la peau. Quand on s'avance très près de ces gens étranges, ça passe ou ça casse. Ou bien vous abhorrez pareil univers, vous le fuyez, vous prenez vos jambes à votre cou, vous rejetez en bloc ces vies consacrées que vous percevez comme une négation de la vie. Ou bien vous êtes « frappé » (au sens où l'est une monnaie : façonnée, marquée) par l'extraordinaire *présence* du monastère, et vous en conservez la trace dans votre vie religieuse et dans votre vie tout court.

Le décor, bien sûr, n'y est pas étranger. La Grâce-Dieu mène l'architecture cistercienne jusqu'à ce stade où le gothique se fait dépouillé à l'extrême. La beauté du chant grégorien sous les voûtes les plus pures ne se raconte pas. C'est un monde de douceur, d'harmonie et de paix. C'est un monde du silence, notamment celui qui accompagne les travaux des champs, et qui est bizarre, apaisant. Une douceur à la dure, avec un climat terrible et le soleil qui disparaît, même l'été, à 4 heures de l'après-midi derrière les collines. Le village le plus proche est à quatre kilomètres, le car des Monts-Jura ne passe pas en cas de verglas.

On l'aura deviné, j'ai été « frappée ». J'ai même eu tendance – et je l'aurai toujours – à considérer la Grâce-Dieu comme une résidence de vacances. La Grâce-Dieu, c'était l'anti-Fontenay. La mère abbesse, c'était l'anti-directrice de Fontenay qui nous incitait, nous autres normaliennes, à nous évader du milieu familial. Elle considérait, elle, que la formation des jeunes n'impliquait nullement la destruction des liens filiaux et me suggérait de limiter mes séjours à ce qui était compréhensible par mes parents et compatible avec mes études. Je suis revenue chaque année, à tout le moins, évitant bientôt le mois d'août qui, l'« hôtellerie » se perfectionnant, se muait en saison du tourisme monastique (il a fallu interdire les transistors, expliquer que les sœurs tourières retrouvent impérativement le grand silence à 20 h 15 et ne peuvent donc guetter les randonneurs tardifs). Lorsque j'ai été nommée professeur à Mulhouse, j'ai fréquenté la trappe d'Oelenberg, une trappe d'hommes où je recevais ma ration de chant grégorien. Mais la Grâce-Dieu est demeurée ma maison spirituelle.

Naturellement, après deux ou trois années de visites assidues, je ne voyais aucune raison de ne pas devenir religieuse cistercienne. Le coup de foudre était total : le lieu et sa spiritualité me convenaient admirablement. J'aimais ce silence. J'aimais l'organisation en « trois huit » – huit heures de sommeil, huit heures de prière, huit heures de travail. Même l'idée que ce travail s'accomplisse aux champs (comme « tout le monde », dans une France encore amplement rurale) ne me rebutait guère : j'appréciais d'abord l'importance accordée au « simple » travail manuel. Ce n'était nullement la vie de cellule, comme chez les clarisses[1], c'était le régime du dortoir, plus convivial. Ce n'était pas non plus la contemplation ininterrompue : on s'activait au grand air, on labourait, on semait, on récoltait des patates, et ensuite on priait le Bon Dieu. Il y a, là-dedans, sans doute une promesse de vie éternelle, et sûrement, ici-bas, une vraie santé.

Je ne crois pas que j'idéalisais cette société de femmes qui alimente souvent les fantasmes littéraires. Et l'image, que goûtent fort les publicitaires, de la religieuse sautillante ou à bicyclette avec sa cornette blanche m'apparaît aussi désuète que niaise. Il est fatal qu'un monde clos de femmes et la règle du grand silence conduisent l'imagination à galoper. Mais, dans la pratique, les choses sont à la fois plus triviales et plus complexes.

La mère abbesse faisait de la direction de conscience comme Monsieur Jourdain faisait de la prose : elle

1. Ordre fondé par sainte Claire et saint François d'Assise.

n'avait pas besoin de s'exercer. Elle était de vingt ans mon aînée (j'en avais alors vingt-cinq) et est vite devenue plus qu'un confesseur. Quand je lui ai parlé de mes intentions, elle m'a répondu : « Un peu de calme, on va voir si c'est une vocation ou un emballement. » Nous sommes demeurées amies, depuis, très fidèles l'une à l'autre. C'est une solide Bourguignonne, avec un sens aigu de la formule lapidaire et de la compréhension des êtres. Le curé du pays l'imaginait volontiers missionnaire ou sœur soignante. Mais elle était plutôt intriguée par un moine trappiste, un moine de Cîteaux, qui venait vendre du fromage de son bourg natal. Elle s'en est ouverte au curé, qui a explosé : ces ordres-là, c'est terrible, c'est trop dur, n'y pense plus… Et la famille était plus négative encore. Elle est partie. Elle avait choisi la Grâce-Dieu parce qu'il lui fallait obligatoirement de la campagne, de la montagne et, de préférence, un cours d'eau.

Lorsque je me suis adressée à elle, mon plan était tracé : « Je finis mes études, et j'entre. » La mère abbesse m'a aimablement refroidie :

– Vous avez signé un contrat qui vous engage à enseigner pendant dix ans. Remplissez donc ce contrat, puisque vous l'avez signé, et vous constaterez vous-même, ensuite, si votre vocation est solide ou non.

Le pari était astucieux, et constituait un robuste garde-fou contre tout ce qui risquait de me monter à la tête. Elle a repris :

– Vous savez, ici, nous n'avons pas spécialement besoin d'intellectuelles. Nous recherchons plutôt des gens capables de traire les vaches, de tirer l'eau du puits. Vos compétences, qui sont grandes dans le monde, ne seraient pas grandes dans la communauté. Or il me semble que le Seigneur ne vous en a pas dotée pour rien. Pourquoi ne les utiliseriez-vous pas dans le monde, en y témoignant de votre foi ? N'êtes-vous pas bien, dehors ?

Ma foi, si. J'étais bien, dehors. Jusqu'à cette date, je n'avais jamais éprouvé le besoin de quitter le monde. Et je me souvenais que ma mère, elle, avait énergiquement prié pour ne pas avoir la vocation religieuse, pour se marier et être mère de famille. Très gentiment, mon interlocutrice m'a mis les points sur les *i* : « On ne construit rien en commençant par démolir... » Elle a demandé à rencontrer mes parents (j'ai déjà raconté cet épisode et souligné l'effet apaisant qu'il avait eu sur mon père). Et elle a conclu :

– Vos parents sont de très bons parents. Ils n'ont pas d'autre enfant. Je ne vois pas pourquoi vous seriez obligée de les abandonner. Pour le moment, je n'y crois guère. Mais je ne détiens pas la vérité, nous nous entourerons de conseils. En attendant, je vous suggère de remplir votre contrat vis-à-vis de l'Etat.

J'ai éprouvé de la peine mais, curieusement, aucune déception, aucune impatience. Je pense, très au fond de moi, que j'étais en train de céder à une espèce de mirage, à une représentation romantique de ma foi et de ma vie. Comme un scénario trop bien léché. Tout quitter, imiter Charles de Foucauld. Vive est la fascination qu'exerce un ordre religieux contemplatif. Le mystère retient. Longtemps, j'ai regretté de ne pas voir… les pieds de la mère abbesse derrière sa grille. Elle traitait cela avec autant d'intelligence que de santé. J'ai reçu un billet, un jour où je séjournais à l'hôtellerie : *Je sors à 3 heures pour une visite de chantier. Soyez sur mon chemin, et vous verrez mes pieds !* Remède radical. C'étaient des pieds bien humains, bien « sur terre ». Ils ont cessé de m'intriguer…

Le grand silence, notamment, paraît magique. En fait, il est « hygiène de vie ». Depuis Vatican II, on a droit à la « parole fonctionnelle ». On parle quand c'est nécessaire au travail. On n'échange plus ces signes cisterciens, cette espèce de Morse qui fascinait, lui aussi. Et puis on parle à son abbesse, à la mère maîtresse (responsable de la formation des novices), à l'aumônier, à Dieu. Le silence n'est pas mutisme. Il n'est pas vide.

J'avais en mon interlocutrice une confiance absolue : elle, qui avait rompu avec ses parents, avait dû méditer longuement sur une telle rupture. Je me suis dit que, contrairement aux apparences, ma démarche était beaucoup plus profane que mystique. Je l'ai vérifié peu à peu, sans briser le lien avec le couvent, avec la spiritualité de saint Bernard. Je n'étais pas taillée pour être moniale, mais il m'importait et il continue de m'importer que des ordres monastiques existent, où l'on prie pour moi et où je puisse, à intervalles réguliers, venir prier.

La communauté n'était pas en phase d'expansion et d'opulence quand l'abbesse m'a rendue à l'Education nationale. Je lui sais gré, à distance, de n'avoir pas mis la main sur moi. Elle m'a évité une erreur. Elle m'a également permis de nouer avec la communauté une relation différente mais constamment forte. Puisque j'avais un tempérament de chef, mieux valait, assurément, que je devienne proviseur plutôt que supérieure de monastère.

Petit à petit, les couvents, même cisterciens, ont évolué et j'ai été témoin de cette évolution. Les sœurs, par leur travail, accumulent un droit à la retraite – minimale – sans enfreindre le vœu de pauvreté. Vatican II a été source de liberté, sans rupture avec la tradition. Des revues, des journaux ont pénétré, une cassette vidéo de temps en temps. Les parloirs sont devenus plus fréquents. Si bien que l'abbesse – mère Marie-Joseph – et moi nous sommes rencontrées, d'abord deux ou trois heures par an, plus tard six ou sept heures. C'est beaucoup. Les gens du silence, en très peu de mots, disent des années et des années de pensée, d'amitié. C'est une autre qualité de silence et de parole qu'à l'extérieur.

Quand elle a cessé d'être abbesse, elle est devenue mon abbesse à moi. Après trois mandats, elle a mis un terme à son gouvernement, d'elle-même. Elle a précédé le mouvement, mais avec peine, avec chagrin, avec un sentiment de désolation et de dépossession. J'ai aimé être témoin de son « dépouillement » et aussi de sa peine. La trappe ne vous enlève rien de votre humanité, bien au contraire. J'ai partagé sa tristesse lorsqu'une postulante promue novice renonçait finalement aux vœux perpétuels et quittait le monastère. Nous avons observé, en cours de route, que nos métiers d'abbesse et de proviseur n'étaient pas sans points communs, s'agissant de la gestion d'une maison, du personnel, ou de l'accueil des générations nouvelles.

Au fond, pour me plaire dans l'état monastique, il aurait fallu que je devienne abbesse *illico*. Je crois que ce facteur n'a pas échappé à mère Marie-Joseph. Mais la règle est la règle, et rien n'aurait pu me dispenser d'être postulante ou moniale de base. J'ai l'air d'écrire une boutade. En réalité, je ne plaisante presque pas. J'estime que, d'emblée, je me suis identifiée à la mère abbesse, et que ma « vocation » subite n'était pas étrangère à cette identification. Grâce à son intuition, nous avons transformé en amitié, en communion profonde, ce qui aurait risqué de fournir la matière d'un malentendu et d'une erreur d'aiguillage.

J'aimerais, par la même occasion, lever tout autre malentendu – me concernant – à propos du « mysticisme ». Je suis allée, au cinéma, voir *Thérèse*, le film d'Alain Cavalier, et le moins qu'on puisse dire, c'est qu'il m'a très modérément inspirée (je ne parle pas de ses qualités esthétiques, mais de son message ou de son absence de message religieux). Le mysticisme est fréquemment décrit comme un vertige, une fascination au bord du vide. Franchement, très peu pour moi. Autant j'avoue que j'ai été « empoignée » par la trappe, autant je ne dirai jamais que j'ai cédé à l'exaltation ou que j'ai perdu les pédales. Le style « Je suis l'épouse souffrante du Christ... », le caractère affectif et hystérique de certains cheminements, les visions modèle Jeanne d'Arc, les stigmates, l'idée qu'on est « happé » par le ténébreux et l'inconnu, et que ce mouvement trouble vous propulse directement au Ciel, en prise intime avec Dieu, non, ce n'est pas mon élan, ce n'est pas ma culture. Mes saints préférés, tel le saint curé d'Ars, sont des gens – j'y reviendrai – qui avaient des démêlés avec les choses, qui se demandaient si le Malin n'était pas cause du pourrissement de leurs pommes de terre, bref, des gens qui avaient des problèmes d'intendance.

Que l'épreuve soit dans l'ordre de la foi, qu'elle soit une occasion de ressourcement, j'y souscris bien volontiers. Mais avec deux certitudes. La première est que la Grâce se lèvera plus tôt que moi chaque matin (ce qui ne lui sera point difficile). La seconde est, selon les termes de saint Paul, que « tu ne seras pas tenté au-delà de tes forces ». L'immolation est étrangère à ma nature, à mon instinct, à mon éducation – elle est d'ailleurs assez marginale dans la tradition cistercienne. L'idée qu'on échappe à l'enfer et au purgatoire par le biais d'une sanctification d'autant plus efficace qu'on la sait contre nature est une idée qui me choque.

J'ai souvent entendu l'abbesse de la Grâce-Dieu réfuter ce contresens rigoureusement anti-évangélique qui voudrait que Dieu agrée notre souffrance. Ne pas se chauffer, disait-elle, endurcit peut-être la carcasse, mais ne réjouit pas Dieu. Quand les dortoirs du couvent n'étaient pas chauffés, les fermes environnantes ne l'étaient guère non plus : c'était affaire de coutume, pas de théologie. Nous avons en commun, elle et moi, la détestation du morbide.

La religion n'est pas la macération mais le chant, le

grand équilibre, la sérénité du travail, la joie. Difficile à définir, objecterez-vous. Essayons. La joie, selon moi, est l'état dans lequel on se trouve quand l'espérance est indéracinable. C'est un effet continuel, la conviction indéboulonnable que je suis une créature aimée de Dieu. « Et vogue la galère... », serai-je tentée d'ajouter. Je ne me sens pas abandonnée sur une île. Lorsque tout paraît complexe, j'ai l'impression que cette complexité vient, pour une large part, du refus d'accepter ce qui est. La joie, c'est la certitude quotidienne d'être forcément sauvée, d'être sauvée à coup sûr, de l'être déjà, d'être en train de l'être. Quant au reste, les créatures du Bon Dieu sont ce qu'elles sont. J'essaie de choisir mon voisin, à la messe, pour ne pas donner le baiser de paix à quelqu'un qui me soit trop antipathique. Je ne suis pas le « ravi » de la crèche dans la vie de tous les jours. Mais je suis « ravie » au sens spirituel du terme. Saint Claude La Colombière[1], qui incarne pour moi la piété éclairée, l'audace spirituelle, répétait : « Ma confiance, c'est ma confiance même... » C'est-à-dire que l'espérance est l'espérance d'avoir l'espérance devant soi.

J'ai l'impression d'explorer quelque chose d'inépuisé, quelque chose d'offert et d'ouvert à l'instant où ça fait mal, où je serre les dents, où les poumons coincent. Où j'ai peine à prononcer : « Merci, Seigneur, que ta volonté soit faite ! » Je n'apprendrai rien à personne en avouant

1. Jésuite (1641-1682), directeur de conscience de sainte Marguerite-Marie Alacoque à Paray-le-Monial, récemment canonisé.

que j'aime mieux faire ma volonté que celle de quiconque, que l'humilité ne m'est guère naturelle. Mais au terme de cette acceptation, de ce qui finit par se dire en moi, il y a la joie.

3

Mon clocher

Evoquant ma petite enfance, j'ai déjà souligné ce point : l'Eglise, pour moi, c'est d'abord un clocher avec des cloches qui carillonnent pour m'inviter à une rencontre communautaire. Je ne parviens pas à imaginer une religion qui ne comporterait pas de rendez-vous en un temps et un espace définis. L'Eglise, avec majuscule, est cette donneuse de rendez-vous, de rendez-vous publics et publiquement signalés. Rien à voir avec une secte ou un temple énigmatique pour les non-initiés. Chez moi, à Belfort, une secte dite de « pentecôtistes » réunit ses fidèles dans un local de la maison. A mes yeux, ce n'est évidemment pas une Eglise.

J'ajoute que si l'Eglise ne me convoque pas à ces rendez-vous réguliers, je suis un peu perdue, déphasée. J'ai éprouvé ce sentiment dans les pays anglo-saxons. Les protestants n'ont pas la même conception que les Latins de l'obligation dominicale. Il m'est arrivé, en Angleterre, de chercher désespérément un clocher. Quant aux Etats-Unis, les repères avaient complètement disparu. Cela dit, au cours de mes voyages, j'ai toujours préféré accompagner mes hôtes à leur culte spécifique (même quand cela frisait la secte), plutôt que de m'acharner à dénicher une antenne canonique de mon orthodoxie romaine. Le rassemblement, la réunion au nom de Dieu m'ont paru prioritaires.

Il m'a fallu quelque temps pour avoir de l'Eglise une image moins étroite que ma paroisse (le phénomène a coïncidé avec mon passage par l'Ecole normale supérieure). Je ne voyais que l'atome, pas l'univers. C'est le pape Jean XXIII, dont je me réclame toujours, qui m'a contrainte à élargir le champ, à me forger un sentiment d'appartenance plus ample – c'est lui, à mon sens, qui a donné du catholicisme une représentation contemporaine et digne, c'est lui qui m'a aidée à me percevoir comme membre d'une institution catholique, apostolique et romaine. C'est-à-dire l'Eglise fondée par le Christ, l'Eglise de Pierre, l'apôtre qu'a choisi Jésus pour constituer le signe visible de sa présence continuée.

Quitte à heurter le lecteur, j'affirmerai que j'ai peine à imaginer une autre Eglise que la mienne. Les protestants, les juifs, les musulmans ? Soyons claire : inachevés ou déviants, dans la mesure où ils sont monothéistes, ils ne me semblent guère éloignés. Et je pense, moi, que j'appartiens à la seule Eglise « catholique », en d'autres termes universelle, la seule qui soit en droit de se réclamer du Christ. Semblable proclamation n'a, de mon point de vue, rien de triomphaliste. Simple référence à la pierre originelle, la première pierre, la pierre angulaire, fondamentale mais non parfaite, rugueuse, éventuellement bancale, mais unique et irremplaçable.

Le propos risque de paraître présomptueux. Je le crois, tout simplement, fidèle à l'enseignement du Christ. Encore préciserai-je que Jésus n'a pas choisi au hasard son premier pape. Il est allé chercher un apôtre dont les limites étaient visibles et déclarées. Pierre est celui qui a trahi par trois fois [1], qui voulait bêtement recourir au glaive. Franchement, ce n'est pas cet homme-là qui aurait spontanément attiré ma confiance. J'aurais préféré Jean. J'aurais même eu plus de sympathie pour Judas (que je n'arrive pas à présumer banni du Salut éternel). Et j'en aurais eu beaucoup pour Thomas, qui demandait sans cesse à voir et posait les bonnes questions. Jésus, lui, a élu Pierre, l'homme qui n'était pas fichu de croire qu'on pouvait marcher sur les eaux ; il a élu un homme particulièrement imparfait, mal dégrossi – bref, un homme, pas un ange, un génie ou un prophète. Ce choix initial, rétrospectivement, m'apparaît très riche de sens. Il m'a aidée à supporter les imperfections de l'Eglise et de ses clercs – les imprudents, les buveurs, les trousseurs de filles, les avares, les marchands d'indulgences, les ambitieux, les hautains. Mon grand-père disait d'un de ses petits-fils : « Il n'est pas très courageux mais il a le souci de sa personne, on devrait en faire un curé ! »

Je n'ai pas ou peu été troublée par les faiblesses des prêtres, des évêques. J'ai constaté leurs défauts avec

1. L'Evangile rapporte que, lors de la nuit précédant la mort de Jésus, Pierre, questionné par ceux qui recherchaient les disciples de ce dernier, l'a renié trois fois de suite.

sérénité et cela ne m'a nullement dissuadée de solliciter auprès d'eux le sacrement de la réconciliation (le terme est plus allègre que celui de pénitence). Depuis que les filles ont le droit d'être enfant de chœur (privation dont mon enfance a souffert avec indignation), je n'ai pas de compte à régler avec l'humanité des hommes de Dieu. Je serais encline à souhaiter que des femmes accèdent à l'ordination, puisque l'espèce sacerdotale devient rare, mais celles que j'ai croisées et qui auraient postulé si Rome avait moins de préjugés ne m'ont pas donné à penser que le niveau de la corporation en serait magiquement relevé. Et les femmes pasteurs que j'ai eu l'occasion d'observer ne m'ont pas convaincue non plus que le sexe prétendu faible possède ontologiquement une disposition à la vertu ou à la sainteté. Toutes ces ratiocinations ne me font pas oublier que Pierre, le premier pape, n'était pas un aigle, et que le Christ a eu la sagesse de distinguer d'emblée entre l'individu et la fonction. Je tendrais même à estimer que, délibérément, Jésus a marqué le coup en dotant l'Eglise d'un chef dont le QI était plutôt moyen. Cela relativise tous ces tâtonnements de l'Eglise, toutes ces fluctuations en matière de morale, ces recommandations qui sont inviolables à tel siècle et désuètes à tel autre, inviolables sous telles latitudes et violées sous telles autres.

L'Eglise d'Afrique ne ressemble point à l'Eglise d'Amérique. Et mon tout est l'Eglise catholique. Cela ne m'inquiète pas, cela me rassurerait, au contraire. Je me dis que toute société humaine, fût-elle le truchement de Dieu, est violemment et prosaïquement incarnée. Je constate, d'ailleurs, que nombre de saints auxquels je vouais un culte attendri – et dont j'avais fait la connaissance au catéchisme – sont plus ou moins mis sur la touche, proscrits du calendrier, sujets à révision sévère. Je les aime bien quand même. Qui sait ? Ils sont peut-être promis à un retour en grâce…

Je suis infiniment moins désinvolte avec les sacrements car on touche, là, l'essentiel. La confession, par exemple, je la pratique régulièrement sans hésitation ni état d'âme, en tête à tête si cela se présente, collectivement si j'ai la flemme de recourir au tête-à-tête. Je ne suis pas protestante, sur ce point. Mais je juge qu'il est raisonnable que l'Eglise nous fournisse aujourd'hui l'occasion de cérémonies pénitentielles collectives. Car ce sacrement est l'un des plus difficiles, l'un des plus décalés par rapport aux mœurs actuelles. Je soutiens, cependant, que le tête-à-tête est d'un apport immense. Non seulement pour la confession traditionnelle, mais pour ce qu'on nommait la « direction de conscience » ou « direction spirituelle », exercice que nous avons perdu de vue et que j'aimerais vivement remettre à la mode.

C'est un exercice acrobatique pour les deux interlocuteurs, le « soignant » comme le « soigné ». Et plus acrobatique encore de nos jours, dans la mesure où le « soignant » est concurrencé par une infinité d'officines qui n'ont certes pas le pouvoir de donner l'absolution ni de dispenser la Parole évangélique, mais tiennent le marché et sont même remboursées par la sécurité sociale.

Le sacrement de pénitence explore très finement l'âme humaine et je considère, pour ma part, qu'il creuse plus loin que tous les « psy » du monde, qu'il propose une chance de réparation, de nouveau départ, infinie. A condition que le « soignant » soit à la hauteur et ne refile pas au « soigné » un succédané de « psy » insipide (qu'on m'entende bien : je ne suis pas ennemie de la psychiatrie, de la psychanalyse ou des thérapies récentes, j'affirme seulement que le « psychologique » et le « spirituel » ne sont pas des catégories équivalentes...). Certains ordres religieux, ainsi les jésuites ou les dominicains, ont porté cet art fort loin, qu'il s'agisse de conversion, d'examen de soi. Il y a là un mystère très noble, et un savoir trop délaissé.

J'ai, sinon un directeur de conscience, du moins un confesseur attitré, qui est un trappiste (la fonction « direction de conscience », je l'ai déléguée, de manière plus ou moins tacite, à mon amie, la mère abbesse de la Grâce-Dieu). Mon confesseur est un homme qui a du temps, qui prie, qui replace sur ses rails une pratique religieuse prompte à s'user ou à se distraire. Je ne suis pas mécontente de m'offrir ce luxe-là. La confession, c'est simplement la mise en scène, la mise en actes de la parabole du bon pasteur, ou de celle du fils prodigue [1]. C'est un sacrement où la Parole du Christ s'applique de façon rigoureuse, stricte. L'idée qu'on refuse l'absolution à quelqu'un m'est insupportable. Priver des gens du

1. La parabole du fils prodigue raconte comment un père dont l'enfant s'était éloigné – tandis que d'autres restaient fidèles – organisa un grand banquet, plus fastueux qu'en aucune autre occasion, quand le fils rebelle lui revint.

sacrement du mariage parce qu'ils ne peuvent se confesser, l'un d'eux étant divorcé, c'est inadmissible, c'est mesquin, c'est claquer au nez des fidèles la porte du confessionnal. D'autant que l'Eglise catholique fait de la contrition et de l'absolution un préalable à l'eucharistie – idée à laquelle je souscris volontiers.

En ce domaine, je serais facilement une « tala » de tous les jours. Je ne vais plus à la messe quotidiennement, comme lorsque j'étais étudiante. Mais je m'étonne moi-même que le mystère de l'eucharistie, le mystère de la présence réelle du Christ, soit toujours si fort, si neuf. On m'objectera : pourquoi pas toutes les heures du jour, pourquoi pas plusieurs messes quotidiennes ? Parce que c'est assez fort comme cela, d'une force qui ne s'épuise pas ni ne se divise. Je me suis interrogée sur cette soif, je me suis demandé si je m'abîmais dans une dévotion quasi maniaque, suspecte. Je ne le pense pas. Je pense que j'ai le souci d'être un signe visible de l'Eglise. « Quand vous serez réunis en mon nom, je serai au milieu de vous », dit Jésus aux apôtres. C'est probablement ce qui me fait courir à la messe, communier. Voilà une chose qui n'est pas concevable à domicile. Interrompre son travail pendant une heure pour répondre à cet appel, pour se rendre à cette invitation, c'est plus dense que n'importe quelle prière solitaire.

Je viens d'employer l'expression « présence réelle » qui fut cause d'immenses débats (sans compter d'ignobles massacres). Il n'y a rien de combatif dans ce recours. Du point de vue théologique, l'affaire me laisse fort sereine. Selon moi, la « présence réelle » signifie que la Parole du Christ est une parole de vie, et qu'elle n'est absolument pas située dans le temps passé. Elle intervient dans ma vie d'aujourd'hui, dans ma vie la plus personnelle, comme l'accomplissement d'une promesse. La question n'est pas de commémorer, de se souvenir. Un mystère, une incarnation se produisent ici et maintenant, le repas de la Cène se partage au présent, et c'est aussi tangible, aussi concret que lorsque Jésus a rompu le pain et bu le vin avec ses disciples.

L'homme par lequel ces miracles invisibles adviennent peut être le plus banal des hommes. Mais ce dont il est investi n'est pas banal. Je me rappelle, de façon marquante, l'ordination de mon cousin. Je me rappelle que le célébrant demande au futur prêtre s'il veut franchir le pas. Si oui, le candidat à l'ordination s'allonge par terre dans l'attitude la plus humble du serviteur le plus modeste. Ce sacrement m'a semblé majestueux dans son mélange de force et de renoncement. Ils étaient vingt-quatre jeunes séminaristes ordonnés ce jour-là. Je me souviens que ma mère soutenait que les prêtres sont toujours des hommes beaux (ce n'était pas entièrement faux, disons que l'habit corrigeait les cas litigieux), et que le Bon Dieu avait raison de ne sélectionner que de beaux postulants. Semblable jugement était sans doute optimiste, mais ma mère exprimait une notion vraie, et profonde : le sacrement transformait ces hommes, les modifiait, les faisait beaux même s'ils ne l'étaient pas, indépendamment de leurs plastiques respectives. C'est cela, un sacrement : un passage, quelque chose qui vous altère et vous nourrit, sans qu'on oublie jamais que l'être sur qui s'abattent toutes les grâces célestes n'est assis, comme dirait Montaigne, que sur son cul.

Je suis attachée aux sacrements, à leur fréquentation. Mais, contrairement à ce qu'imagineront probablement des lecteurs fort éloignés de mon expérience spirituelle, je suis passablement rétive devant la pensée magique. Je ne crois pas qu'au regard de l'éternité une frontière sépare le baptisé du non-baptisé. J'ai eu la chance (j'estime que c'est une chance) d'être initiée, dès mes premiers mots, à une culture, un code par lesquels le baptême devenait symbole d'appartenance et de partage. Pour autant, je ne souhaite guère baptiser ceux que je croise dans la rue, et les récits de missionnaires ondoyant à tours de bras les « sauvages », les esclaves ou les « impies » me répugnent au plus haut point. L'adulte qui demande le baptême m'intéresse, son histoire personnelle me touche. Moi qui mise gros sur la communion des saints, je ne songe pourtant pas que cette conversion, signe supplémentaire de la présence de Dieu dans le monde, participe d'une sorte de comptabilité des âmes. Je me réjouis que l'Eglise soit encore vivante, qu'elle soit encore capable d'attirer des gens qui ont vécu autre chose, mais je ne gage pas que le Salut serait refusé à ce nouveau venu dans la paroisse si son chemin avait été autre.

Rien ne me sépare du non-baptisé. Rien, sauf l'obligation joyeuse que je ressens de me manifester comme membre de l'Eglise. Ce qui signifie non pas que j'ai décroché la timbale, que j'aurai accès à des félicités qui sont interdites aux mécréants, mais que j'ai le droit d'afficher une espérance qui nous enveloppe tous. Pas plus que je ne suis troublée à l'idée d'endurer, éventuellement, quelque « persécution » (j'ignore, au demeurant, combien d'ongles il faudrait m'arracher avant que je renie ma foi...), à l'idée que ma piété suscite la commisération, l'ironie, ou la rigolade, je n'envisage que le « païen » soit plus loin de Dieu, plus loin de la Grâce que moi. Il abordera l'éternité par d'autres voies. J'ai l'impression, moi, d'emprunter un itinéraire plus confortable, de progresser à tire d'aile quand d'autres vont sur leurs pieds. Je suis comptable de ce privilège. Mais je ne doute pas qu'à l'arrivée nous soyons tous réunis.

Parodiant les bouddhistes tibétains, je soutiendrai que nous avons inégalement accès au « petit » ou au « grand véhicule », que nous empruntons, qui le tortillard, qui le TGV, pour nous élever vers Dieu. Je souhaiterais assurément que beaucoup ne traînent pas en route. Cependant, les statistiques ne m'encombrent pas l'esprit. Tant de baptisés, tant de convertis, tant d'individus qui reviennent vers l'Eglise, ce sont des chiffres qui ne me parlent pas, c'est une comptabilité qui m'est étrangère. Si un lecteur m'écrivait : *Votre témoignage m'a rendu la foi de mon enfance...*, cela n'altérerait en rien ma propre foi et ma relation à mon Eglise. J'aurais envie de lui demander : « Etes-vous plus heureux, vous sentiez-vous déchiré hier et réconcilié aujourd'hui ? » et, s'il me répondait positivement, j'en serais comblée. Mais cette joie me serait donnée par surcroît. J'ai trop été habituée à côtoyer, dans ma profession, un entourage auquel cette expérience et cette culture sont impénétrables, je me suis tellement habituée, par respect strict et naturel de la laïcité, à tenir secrète ou discrète mon appartenance à l'Eglise, que la propagation de la foi est sortie de mon esprit comme de mon âme. Le baptême est un sacrement majeur, fondateur, je suis reconnaissante aux miens de m'avoir baptisée, mais je ne baptise guère mon prochain.

Une amitié de trente-cinq ans m'a liée avec mon ancien professeur de mathématiques en sixième, maintenant décédée. C'est une femme avec qui j'ai poursuivi un dialogue ininterrompu, sauf par la mort – et encore... –, sur l'Eglise, sur la foi. Nous n'avons jamais pu nous mettre d'accord. Elle a cessé de pratiquer. Ce qui m'a attristée, non par le fait même, mais parce qu'elle avait des regrets, parce que son attitude était complexe et ambivalente, parce qu'elle se considérait indigne, au fond, de fréquenter sa paroisse. A l'époque où nous allions encore ensemble à la messe, j'étais invariablement prise de fou rire pendant la récitation du *Credo*. Elle était incapable, en tant que mathématicienne et scientifique passionnée de biologie, d'articuler les mots « résurrection de la chair ». C'était incoercible : elle suspendait son propos, attendait que passe le dogme honni, et réembrayait ensuite. Moi, je ne comprenais ni ses réticences ni ses objections, et j'étouffais de rire.

Je la surnommais saint Thomas, et l'idée ne me serait nullement venue d'éprouver le moindre chagrin pour cause de divergence sur la résurrection de la chair. En revanche, j'étais navrée que mon amie ne soit pas vraiment sensible à la peinture de Fra Angelico, qu'elle ne la perçoive pas comme une prière magnifique. Ou que Marie-Madeleine[1], qui est une sainte avec qui j'ai l'impression d'entretenir une relation familiale, comme une cousine germaine, n'ait aucune place dans son entourage spirituel. Bref, ce n'est pas le rite, ni même la conviction, qui me rend proche d'autrui, ce sont là des choses qui se suffisent à elles-mêmes et dont il me suffit que j'y accède.

Heureusement, d'ailleurs. Si je rêvais d'une Eglise conquérante et d'un clocher qui soit le phare du grand nombre, la messe dominicale me deviendrait vite insupportable. J'observe que le pourcentage des petites vieilles s'élève ou reste élevé – par bonheur, j'aime la compagnie des personnes âgées. Franchement, cette situation ne me déprime guère. Je l'interprète comme un passage, comme une phase historique, parfaitement compatible avec ce qu'annonce l'Evangile. Ils sont prévus, ces passages à vide, il n'est pas dit que la lampe n'est jamais sous le boisseau[2], qu'il ne sera jamais nécessaire d'inventer de nouvelles formes de spiritualité, de manifestation au monde. Je songe, en outre, que d'autres pays, sur d'autres continents, suivent l'évolution inverse. Alors, quand je me retrouve dans un monastère prévu pour soixante personnes et qui en abrite douze, quand j'aperçois les toiles d'araignée au coin des confession-

1. Les exégètes débattent pour savoir si Jésus n'a croisé qu'une seule Marie-Madeleine ou s'il a eu affaire à plusieurs femmes de ce nom. On retiendra ici l'hypothèse la plus courante de l'interlocutrice unique.

2. Dans l'Evangile de Marc, Jésus mentionne cette ancienne mesure de capacité pour les solides en comparant son enseignement à une lampe qu'on ne devrait pas cacher sous un boisseau.

naux dont le dernier client remonte au siècle dernier, et que je sens une pointe de *blues* m'envahir, je la chasse vite. Par goût, je préfère que la compagnie soit abondante. Mais je me dis que Dieu n'a pas la même appréciation des quantités que le commun des mortels – dont je suis. S'il est capable de promettre qu'il y aura autant de joie au Royaume des Cieux pour une seule brebis retrouvée que pour quatre-vingt-dix-neuf autres qui n'avaient pas quitté la bergerie, c'est qu'il compte différemment de nous, et certainement plus juste.

Je ne regrette donc pas que les églises de Paris soient moins pleines que celles du Brésil lors de l'enterrement d'Ayrton Senna. Je regrette seulement, s'il faut avouer un regret, que l'Eglise, mon Eglise, participe moins au soulagement des hommes ; que sa disparition ou son amoindrissement laisse tant d'êtres privés d'espérance. Cela me fait mal – dans mon humanité, non point dans ma spiritualité. J'écrivais plus haut que la confession est un exercice précieux et salutaire ; je déplore, en conséquence, qu'un tel outil soit si peu utilisé, mais, encore une fois, je le déplore dans la mesure où je crois mes semblables frustrés de quelque chose, non parce que je les imagine abandonnés de Dieu.

Je me méfie, on l'aura compris, de ceux, clercs ou laïcs, qui affichent et promeuvent une volonté de « restaurer » l'Eglise, de « retrouver » la puissance, l'assurance des temps où la chrétienté était reine. Cette tentation est patente à Rome. Elle est patente, aussi, à Paris. Je devrais, si j'étais logique avec moi-même, critiquer sur ce terrain le cardinal Lustiger. J'hésite à le faire.

D'abord, parce que j'ai le souvenir du jeune aumônier qu'il fut, porteur d'une foi très rayonnante. Ensuite, parce que c'est un converti, et que j'ai peine à me représenter la trajectoire d'un converti exempte de prosélytisme ; une histoire aussi violente induit une impatience, un zèle qui risquent, parfois, de conduire à l'abus de pouvoir.

Entendons-nous bien : j'aime le pouvoir, et j'ai toujours revendiqué le droit de proclamer que le pouvoir est un instrument passionnant à manier. Je ne suis pas devenue proviseur par hasard, je voulais être chef et je me suis donné les moyens d'être chef, délibérément et allègrement. Reste que le pouvoir et le spirituel sont deux notions que je ne parviens pas à concilier. C'est plus fort que moi : le pouvoir qui s'affirme au nom de Dieu, qui enfle dans l'ordre spirituel, je le considère comme une bavure. Je le regarde quelquefois avec amusement, quelquefois avec exaspération. De toute manière, je ne l'admets pas, ou mal. C'était déjà vrai dans mon enfance : je n'accordais pas aux vicaires le droit de se mêler de mon emploi du temps et de m'obliger à fréquenter le « patro » si je ne le souhaitais pas. Je n'ai pas changé : je récuse, dans l'Eglise, le chantage à l'habit, cette forme d'obéissance médiocrement fondée (Pierre est respectable par la charge qui lui est transmise ; quant à l'individu, il est respectable s'il se montre digne de respect). C'est ainsi, mes saints préférés sont des « petits » saints, peu galonnés, menacés d'exclusion [1].

1. Cf. Robert Morel, *Les Saints de tout le monde*, Paris, Editions du Seuil, coll. « Temps présent », 1950.

L'Eglise est un signe de la présence du Christ, aujourd'hui, parmi les hommes, pas une machine de guerre ni d'intimidation dont la force de frappe ne laisserait qu'une issue : la soumission.

Considérez le match entre Pierre et Paul. Pierre, le premier pape, est fruste et impulsif, pleutre à l'occasion, fidèle aussi, mais avec des hauts et des bas. Un homme dont les sermons, en principe, ne déplacent pas les montagnes. Paul, l'autre fondateur, est à la fois un être spirituel et un organisateur. Il est plus séduisant, infiniment plus profond, et plus troublant car il a tendance à mêler puissance spirituelle et puissance politique. Je dirai volontiers, pour être simple, qu'il y a match nul entre Pierre et Paul, que celui qui a raison – parce qu'il ne se soucie guère de l'emporter –, c'est Jean, qui est au-delà ou à côté du pouvoir.

Et puis je veux revenir à Judas, afin de souligner combien le jugement d'autrui est affaire épineuse. Claudel en parle de manière aiguë [1]. Judas, c'est l'incarnation de l'entourage trop humain du Christ. Il a son rôle dans l'histoire, qui n'est pas le beau rôle mais qui est très utile : il est celui que nous pouvons dénoncer, que nous pouvons condamner, celui qui vend Jésus mais que Jésus avait tout pouvoir d'écarter et n'a pas écarté. Celui par qui, finalement, arrivent et la souffrance et le Salut. Moi, je ne me sens pas le pouvoir de nier cet homme-là, de le vouer aux flammes. Il a été chargé du pire fardeau, il a pleuré, on ne

1. « La mort de Judas », *Figures et paraboles*, in *Œuvres en prose*, Paris, Gallimard, coll. « Bibliothèque de la Pléiade », 1965.

saurait l'enfermer dans ce dualisme facile dont les puissants se parent pour prononcer des sentences absolues. Les belles âmes voient aisément dans l'âme d'autrui un peu de Judas. Je pense, pour ma part, que Judas est une partie de moi, que je vis avec lui, trahis avec lui, pleure avec lui, et participe avec lui du mystère de la Rédemption. A-t-il plus trahi que les autres disciples, qui s'étaient endormis pendant que leur maître et ami allait vers la mort ?

Judas est un homme dont l'histoire nous met en garde contre le pouvoir. Il nous rappelle que qualifier quiconque de « Judas » marque l'endroit précis où le pouvoir abuse. Ses larmes nous invitent à la confession, à la pénitence, au mystère et au pardon.

Je pense à Jésus et à Judas quand j'entends l'Eglise romaine tonner si haut, prononcer tant de condamnations, de diktats moraux, d'intrusions dans la vie privée, d'interdits en matière de contraception, de recommandations sociales ou politiques. Cette manière de vouloir régenter l'existence des autres m'est douloureuse. Elle ne soulève, à mes yeux, aucun problème de foi, mais elle me met mal à l'aise dans mon Eglise, et plus encore quand ce discours s'adresse aux jeunes. Je sais qu'il existe plusieurs demeures dans la maison du Père, ce qui me console un peu. Et quand j'apprends que Jean-Paul II s'est cassé le col du fémur, j'imagine que Dieu le met au lit après tant de voyages très pontificaux, et l'oblige à rentrer en lui-même. Alors ce Polonais enflammé me redevient frère et proche, entravé qu'il est par son fil à la patte, son accident, privé de son trône et rendu à la prière. Sans sadisme aucun, j'y vois non pas un châtiment du Ciel, mais une perche providentielle judicieusement tendue.

Je ne glisse aucune irrévérence dans ce propos, simplement de l'expérience. Lâchée par un tendon rotulien un soir de fête de la Vierge – le 8 décembre – sur le parvis de Notre-Dame où je passais, non pour mes dévotions mais après libations, j'ai éprouvé dans ma chair cette providentielle manière de nous remettre au pas...

Que les successeurs de Pierre aient été plus ou moins à la hauteur, plus ou moins saints, plus ou moins dans la ligne, n'atteint pas ma conviction qu'ils sont les successeurs de Pierre, et mon attachement à l'Eglise universelle n'en est pas foncièrement ébranlé. Je regarde avec la même tranquillité les églises dissidentes. Dans mon pays de Belfort, la fréquentation des luthériens était quotidienne (les calvinistes constituaient une denrée plus rare et plus coriace). C'est très beau, cette diversité, cela nous a fait grand bien, à nous autres catholiques (et j'estime que les catholiques ont avili leur âme et leur catholicité en prétendant réduire les divergences par le fer et le feu). Si Luther ne pouvait avaler un certain nombre de réalités et de dogmes romains, il a eu raison de ne point les avaler. Mais faut-il quitter l'Eglise à cause de ses imperfections ? Faut-il rêver d'une Eglise cohérente et irréprochable ? Si oui, nous nous réveillerions chaque matin la valise à la main, prêts à suivre quelque Billy Graham.

Ce qui nous sépare des protestants est ténu au regard du souffle de l'Evangile. Toutes ces querelles s'embrasent à vues humaines. Le Vatican boycotte les anglicans parce que quelques femmes, chez ces derniers, ont accès au sacerdoce ? Et il y aurait là de quoi déclarer une nouvelle guerre picrocholine ! Ni ceux qui prononcent, à Rome, des anathèmes, ni ceux qui jugent bon de quitter Rome pour si peu ne m'incitent à m'écarter de l'Eglise une et indivisible. Je suis dedans, j'y reste, j'y proteste, tout comme je suis restée à l'Education nationale ou cliente de la SNCF.

Je gage que nos frontières, nos douanes, ne sont que chicanes de bornage au regard de l'éternité. La révocation de l'édit de Nantes était une abomination, le massacre des camisards est imprescriptible, le silence ou la complaisance de certaines autorités catholiques pendant l'occupation allemande sont inadmissibles. Tous, à commencer par les croyants, doivent garder en mémoire le scandale de l'injustice et les méfaits de l'intolérance. Il n'empêche : quant au fond, quant au message divin dans les siècles des siècles, ces batailles et ces meurtres n'ont pas grand-chose à voir avec le religieux, même si les bannières s'en réclamaient. Je n'écris pas cela pour exonérer mon Eglise de quoi que ce soit, bien au contraire. J'écris cela pour souligner qu'elle est totalement faillible, pécheresse et contestable dans l'ordre profane. Et que, précisément, seul un lien de nature spirituelle est susceptible de motiver ma fidélité définitive.

Je concède que cette distinction majeure n'est pas toujours facile à soutenir. Quand je pense que le célibat des prêtres est la source d'un débat passionné, je me demande où est la foi, où est le dogme, où est le gouvernement de l'institution ecclésiale. Il ne me paraît pas déraisonnable qu'à une certaine époque la chasteté ait été imposée aux clercs pour lever des ambiguïtés, des confusions, tant chez les prêtres que chez les fidèles. De même, le port de la soutane n'était sans doute pas absurde en un temps donné où l'on souhaitait, par un signe, l'habit, différencier le successeur du Christ de l'humain singulier : il est si difficile de superposer les deux images, cela exige tellement de maturité dans nos sociétés un brin primitives et manichéennes, qu'il s'agissait, à l'occasion, d'une mesure compréhensible.

Mais, de grâce ! qu'on ne transforme pas ces arrangements de circonstance en lois éternelles... Jésus ne s'est pas compliqué la vie en se mariant. Soit. Mais il s'est comporté, vis-à-vis des femmes, comme on aimerait que beaucoup de phallocrates, y compris chez les curés, se comportent enfin. Je suis très heureuse que Jésus ait choisi Marie-Madeleine pour lui faire des confidences, après la résurrection, au sortir du tombeau. Je suis persuadée que si Marie-Madeleine était là, ce n'était pas (uniquement) parce que les femmes sont curieuses, mais parce qu'elle se levait tôt pour se rendre au tombeau tandis que les hommes dormaient encore à l'ombre et avaient passablement peur des autorités qui en interdisaient l'accès. Avec sa mère, Jésus éprouve quelque difficulté pour rompre le cordon ombilical, il a du mal à la considérer pleinement comme femme, mais il a ce geste superbe, à Cana [1], où il répond à sa demande. Son attitude est prophétique et dérangeante quand il aborde une Samaritaine, méprisée des Juifs, lui demande à boire, et lui dit que l'heure sonne où l'on ne pratiquera plus la religion sur telle montagne ou sur telle autre, mais « en esprit et en vérité ». Et lorsqu'il ressuscite Lazare, c'est pour consoler ses sœurs – détail régulièrement oublié dans les sermons. Bref, je souhaite bon courage à ceux qui prétendent se livrer à des extrapolations simples : entre Jésus célibataire et Jésus très attentif aux femmes, il faut non pas choisir, mais laisser l'histoire ouverte.

Rendons à César ce qui est à César. Il me semble sage, pour demeurer dans la même veine, que la religion soit prudente en matière de sexualité, qu'elle ne recommande ni ne proscrive telle ou telle liberté mal maîtrisée ou mal comprise. L'Eglise actuelle, malgré tout, malgré son penchant pour la condamnation sans appel, conserve une prudence certaine dès qu'il s'agit de situations individuelles. Tous les prêtres n'entendent pas ce langage, plus mesuré qu'on ne le croit : ils entendent plus volontiers le rejet que la prudence. Mais j'espère que nous vivons une mutation lente. La prudence, peu à peu, cessera d'être une crispation devant les transformations de l'existence profane, tôt interprétées comme désordres, pour devenir une saine distance, une méfiance méthodique à l'encontre des esprits trop hâtifs et trop zélés. L'Eglise est présentement dirigée par un vieux monsieur céliba-

1. Assistant à des noces où le vin vient à manquer, Jésus, sur la demande de Marie, change de l'eau en vin. Et les convives de Cana finissent le banquet non seulement dans la joie, mais en buvant le meilleur cru.

taire. C'est une entreprise humaine, dans sa dimension perceptible. La montée des intégrismes rend les hiérarchies frileuses, enclines à composer avec des pouvoirs antagonistes, tentées de rallier maladroitement des suffrages. Telle est l'écume, parfois dérisoire, parfois sublime, d'une mer infinie.

Je parlais, à l'instant, des « esprits zélés ». Un courant s'est vigoureusement affirmé au sein de l'Eglise de France, un tantinet culpabilisée d'être une « fille aînée » qui aurait « perdu son âme » : le courant dit « charismatique ». Je le vois d'un œil très critique. Il me paraît extrêmement présomptueux que des groupes ou groupuscules, quoique se réclamant du peuple de Dieu, répugnent à s'agglomérer dans ledit peuple de Dieu. Pour la même raison qui me conduit à déplorer les scissions, divisions, chicanes qui ont conduit à l'éclatement de la chrétienté, je déplore cette inclination à faire bande à part.

A l'évidence, le peuple de Dieu n'est pas toujours présentable. Si vous vous mêlez aux foules qui se rendent en pèlerinage à Lourdes, vous vous retrouvez au milieu de gens qui sont idolâtres, ou d'autres dont la seule quête est d'obtenir un miracle. C'est ainsi : le peuple de Dieu est encombré d'aveugles et de paralytiques. Prétendre sortir du lot commun, n'est-ce pas s'extraire du bon peuple avec tout ce qu'il charrie ? Mon objection n'est pas idéologique. Intégristes ou charismatiques, je réprouve toute démarche qui tend à séparer, de manière suspecte, le bon grain de l'ivraie. Même des mouvements dont je serais plus proche, qui se sont constitués dans l'esprit de Vatican II, s'ils sont des lieux de débat excitants, trahissent un certain désir d'être entre soi. Et être entre soi, c'est fatalement être en deçà de la liberté des enfants de Dieu. Je ne pense pas, finalement, que l'approche intime du religieux suppose des filtres politico-socio-psychologiques qui sont, virtuellement, des canaux sectaires. Ce disant, je ne jette pas la pierre à des croyants qui ont une foi très grande et une espérance très vive. Simplement, je ne suis pas adepte des cheminements latéraux, j'aime mieux progresser avec le plus grand nombre, et je me réjouis quand un dépoussiérage général – tel celui qu'a entrepris Jean XXIII – remet les pendules à l'heure pour tout le monde.

Par moments, j'ai tendance à considérer que « le niveau baisse », à l'intérieur de l'Eglise, qu'on fréquente moins les textes, qu'on se livre moins à l'exégèse, qu'on place moins le dogme en perspective historique et théologique, qu'on ramène l'Evangile à une lecture monolithique et plate. Les groupes charismatiques sont très représentatifs du souhait que manifestent beaucoup d'appréhender le religieux au *feeling*, de manière simultanément émotionnelle et sommaire. Et puis je me reprends, je me demande s'il faut être intelligent pour aimer Dieu, s'il faut se nourrir de textes pour aimer Dieu. Le problème, me semble-t-il, est que les ignorances déguisées en redécouvertes suent l'ennui. Qu'on soit intellectuel ou pas, bibliste ou pas, l'essentiel est qu'on soit porté à la recherche critique du sens, d'un sens qui n'est ni immédiatement saisi ni définitivement possédé. Ce que j'aime, dans les paraboles, c'est qu'elles ne sont pas closes, qu'on peut les reparcourir toute une vie sans s'arrêter à une conclusion verrouillée, et que leur abord n'est réservé à aucun expert.

J'ai regretté que le catéchisme *Pierres vivantes*, qui incitait les enfants (voire les adultes) à cette réflexion critique, soit remplacé par quelque chose de plus « rassurant » : un code bien rond, bien bouclé, qui s'est vendu à des centaines de milliers d'exemplaires. Ce phénomène consumériste, qui a surpris la hiérarchie de l'Eglise catholique elle-même, exprime le besoin que ressentent nos contemporains de s'appuyer sur des instruments de mesure élémentaires – tant de jours de mérite feront tant de jours de félicité au paradis –, un peu comme les parents d'élèves se jettent sur un palmarès rudimentaire des lycées pour orienter leurs rejetons. Plus grave, il exprime aussi le désir conscient ou inconscient d'épingler le voisin qui n'agit pas en conformité avec le code, page tant, article tant. Si quelques grands magazines se mettaient à publier un hit-parade des « meilleures paroisses », je ne suis pas certaine qu'ils ne feraient pas un tabac. Et si l'on pouvait sélectionner trois paroisses pour gagner le Ciel comme on choisit trois lycées pour décrocher une grande école, je ne doute pas que les clients se bousculeraient.

Le plus inquiétant, peut-être, est que ce processus trahit une disparition de la parole – la parole vivante – dans l'Église. Le prêtre est devenu si rare qu'il faut aller le chercher fort loin, qu'il se partage entre plusieurs chaires. Si bien que les « bons paroissiens » soucieux de vérifier la légitimité du label réclament le parfait vade-mecum, le manuel tout terrain, le mode d'emploi garanti et estampillé. Et cela remplace la prédication. On ne raconte plus d'histoires dans les églises, les homélies sont maigrelettes et besogneuses. Les confesseurs sont introuvables ou expéditifs, ne fonctionnant qu'aux heures de bureau. En d'autres termes, le livre officiel remplace la parole agile, curieuse, chaude, inspirée, hésitante, humoristique, présente. Et c'est dommage, c'est dommage qu'un code de la route trace le chemin du Ciel.

Je tiens à mon clocher, et je souhaite que nous retrouvions le sens de l'assemblée – « Des frères qui rencontrent en vérité d'autres frères, voilà l'Eglise ! », écrit Jean Sulivan[1], prêtre et romancier dont la personne et l'œuvre m'ont profondément marquée. Je tiens à mon clocher, mais sans esprit de clocher, sans exclure quiconque ni encourager ceux qui font de l'exclusion vertu. Je tiens à mon clocher mais, pour être complètement franche, je ne le juge pas, présentement, en très bon état. Ce qui n'amoindrit pas ma foi. Au demeurant, je ne doute point que ceux qui achètent le *Caté* comme les élèves achètent les aide-mémoire censés leur faciliter l'accès au bac n'arrivent avant moi dans le Royaume.

1. *Consolation de la nuit*, Paris, Gallimard, 1968. Jean Sulivan est né en 1913 à Montauban-de-Bretagne. Ordonné prêtre, il devint professeur et aumônier d'étudiants. Il a créé le ciné-club de Rennes et a obtenu de son évêque un « détachement » pour écrire (il se définissait comme « écrivain-prêtre »). Son œuvre *(Mais il y a la mer*, *Devance tout à Dieu)* est abondante et considérable. Il est mort en 1980.

4

Credo

Je suis persuadée que ni la foi, ni l'Eglise n'ont besoin d'adhérents : elles ont besoin de croyants. Mais je sais aussi qu'il est difficile d'exposer « ce que je crois » sans aborder le catalogue des « articles de foi », des commandements et des dogmes. La question est incontournable, il faut en passer par là. Mais je m'y astreins comme on se colle à un sujet de dissertation, comme on prépare une interrogation écrite. Au programme : le dogme. De quoi parle-t-on ? Des Tables de la Loi ? De la doctrine de l'Eglise ? Des « commandements divins » ? Des « vérités dogmatiques » ? Il faut que je me force pour raisonner ainsi.

J'ai tendance à concevoir cet arsenal comme l'essai de traduction par l'Eglise d'un principe de foi dans un langage intelligible destiné à des humains déraisonnables et inaptes à la lecture directe du message de Dieu. L'idée du truchement, du médiateur qui traduit/trahit, qui ne livre jamais qu'une version approximative de la parole originale, est une idée qui me séduit. Elle me permet, en particulier, de conserver l'héritage de ma mère et de me dire, comme elle : « J'en prends et j'en laisse… » J'en laisse, c'est vrai, mais j'en prends beaucoup.

Ma mère s'arrangeait du dogme, elle le retaillait à sa façon tout en ayant pour la tradition un respect extrême. Quand je m'aventurais à suggérer des interprétations trop personnelles, elle s'insurgeait : « Alors ? Tu es plus maligne que ceux qui sont venus avant toi ! » Ou encore : « Le Bon Dieu est donc revenu sur terre pour te dire, à toi spécialement, ce qui a changé ! »…

La Trinité, par exemple, voilà une rude affaire. Un Dieu en trois personnes, dont on essaie de me faire comprendre qu'il est un et multiple, et qu'il ne cesse, pour autant, d'être un Dieu personnel. C'est une approche savante, recevable et par mon intelligence et par mes convictions profondes. Soutenir que je vis chaque jour le mystère de la Trinité tel qu'il m'a été enseigné est une autre histoire. Il est clair que, dans ma vie quotidienne, j'ai choisi une de ces trois personnes. Celle-là m'est proche, m'est voisine, m'est fraternelle. Je me sens la sœur du Fils – en l'Esprit, probablement, j'aimerais penser que c'est en l'Esprit plutôt qu'en la sottise. Quant à Dieu le Père, eh bien ! je suis persuadée… qu'Il est là. J'ai des représentations très picturales de la Trinité, issues plus volontiers des icônes, donc de l'Eglise orthodoxe, que de l'Eglise romaine. Ces peintures m'ont aidée, m'ont simplifié la vie, m'ont évité de réinterroger le dogme et de me demander : « …et si je n'étais pas d'accord ? » Je ne pense pas être en mesure de me déclarer d'accord ou non avec le dogme de la Trinité. Je m'incline, un peu comme je m'incline devant Claude Lévi-Strauss m'expliquant l'anthropologie ou Hubert Reeves m'initiant à la carte du ciel.

L'Eglise est d'ailleurs plus modeste qu'on ne le pense. Elle affirme que telle proposition est un article de foi, mais elle ajoute aussitôt qu'elle a procédé à une adaptation intellectuelle voire picturale du mystère, qu'elle a employé des mots pour désigner quelque chose qui dépasse les mots. Il n'y a pas d'auteur de l'écrit dogmatique, d'ayant droit – du moins dans l'Eglise catholique. Ce qui est énoncé est le produit d'une révélation mystérieuse, d'un approfondissement, d'une longue fréquentation des textes, d'une méditation ininterrompue. Autant je suis à l'aise devant ce processus humble et pédagogique, autant j'ai du mal à admettre qu'un pape ait eu l'intuition foudroyante de l'Immaculée Conception [1].

J'aime mieux la simplicité des figurations populaires. Autrefois, quand on invoquait le Saint-Esprit à l'église, le sacristain avait pour mission de lâcher un pigeon au moment adéquat. Et une blague contait que, de temps à autre, le pigeon ratait son entrée en scène parce que le sacristain l'avait serré jusqu'à l'étouffer. « Alors ? » s'impatientait le curé. « A l'au mo [2]... », avouait piteusement le sacristain.

Elle ne m'a guère troublée, cette plaisanterie des paroisses de mon enfance. Je n'imagine pas une seconde que le dogme nous contraigne, s'agissant du fond, à voir

1. Dogme défini en 1854 par le pape Pie IX, selon lequel la Vierge serait exempte du péché originel.
2. « Alors il est mort... »

le Saint-Esprit sous la forme d'une colombe ou de quelque volatile que ce soit. C'est une fable – au sens allégorique du terme –, une manière d'avouer que nous sommes complètement dépassés, bouleversés par ce Dieu trinitaire et que les simples mots sont impuissants à rendre la vérité de ce mystère. La symbolique de la colombe a l'avantage de n'être pas monolithique, de laisser le sens béant, lesté d'une charge mythologique énorme. Lors de ma confirmation, on m'a dit que l'Esprit allait descendre sur moi comme une colombe. C'était pertinent, cela renvoyait au bestiaire des églises que j'avais fréquentées, à toutes ces colombes (notamment celle de la présentation au temple [1]) qui voltigeaient de vitrail en vitrail. L'imagerie me convenait et me convient encore. Quand je prie, je ne me retourne pas pour apercevoir la colombe qui se cache derrière mon occiput. Le Christ éclaircira, l'heure venue, ce dogme qui est sans doute le plus impressionnant et que mes yeux aveugles, pour l'instant, se contentent d'entrevoir naïvement. Mais ma pratique religieuse, ma pratique quotidienne, n'est pas entravée par ma cécité partielle.

J'ai déjà évoqué les conversations que j'avais avec mon ancien professeur de mathématiques, radicalement rebelle à la résurrection de la chair, et la manière dont

1. La Loi de Moïse stipulait que le premier-né de l'homme ou de l'animal devait être consacré à Dieu. L'enfant n'était pas sacrifié mais racheté par l'offrande d'un couple de tourterelles ou de colombes. Marie et Joseph se conformèrent à l'usage, et c'est lors de la présentation de Jésus au temple qu'il fut prophétisé que cet enfant apporterait le salut d'Israël.

elle omettait cette mention en récitant le *Credo*. J'ai observé une perplexité analogue chez ma mère. Trois semaines avant son décès, elle qui se passionnait tant pour la mort et la vie après la mort, elle se déclarait heureuse d'aller vers cette autre vie. Pourtant, elle s'inquiétait : « Mes sœurs, je suis contente de les retrouver bientôt, mais dans quel état vais-je les retrouver ? Vieilles ? Jeunes ? » Elle se demandait si ses sœurs seraient, dans l'éternité, marquées par la décrépitude, si elle saurait les reconnaître, bref, comment se présenterait cette « chair » vouée à ressusciter. Elle ne doutait pas une seconde de la résurrection mais aurait bien voulu savoir à quoi cela ressemblait.

Mon grand-père exprimait un sentiment du même type. Il disait : « L'éternité, ça m'intéresse, ça me plaît. Mais ce qui va être dur, c'est de franchir le pas. » Ce que Jean Sulivan nommait « passer la ligne ».

Toutes ces questions sont légitimes. Il n'est pas écrit que le chrétien ne doit éprouver ni curiosité ni embarras. Les dogmes sont à la fois des balises et des secours pour nous guider sur la voie de la connaissance. Les dogmes ne sont pas la connaissance même, juste un panneau indicateur qui nous permet de nous situer dans le bon sens et la bonne direction. En ce qui me concerne, je n'ai pas de mal à prononcer les mots « résurrection de la chair » lorsque je récite le *Credo* à la messe. J'ajouterai que le fait de le réciter en communauté me rend plus responsable de ce que je viens d'articuler, m'oblige à entrer dans le mystère de ce que je proclame. Je juge, comme Pascal, que l'eau bénite aide la foi et que l'énonciation d'une réalité mystérieuse m'introduit dans la conviction que l'irrationnel est réel, qu'il n'est pas aberrant de revendiquer ce qui me dépasse.

Comme pour le Saint-Esprit, j'appréhende la résurrection de la chair au moyen d'images. Je pense à la danse des morts de la Chaise-Dieu ou aux intrépides ressuscités de la cathédrale de Reims (l'un d'entre eux sort même du tombeau les fesses en l'air !). Je songe aussi à des images auditives, assurément au *Requiem* de Fauré. Et si je me prends à craindre qu'il n'entre dans mon fonctionnement une part d'idolâtrie, je me souviens que Rabindranath Tagore avait besoin, lui, d'images de jardin. Ce voisinage, ce compagnonnage ne m'effraient pas. Nos dogmes ne sont pas interchangeables, mais nous avons besoin, chacun à sa manière, de béquilles, d'appuis.

Je ne suis pas de ceux pour qui le dogme est d'abord un instrument de distinction, de division. En voyage, je fréquente des églises où la présence réelle[1] est énergiquement réfutée, et je prie dans un temple sans le moindre état d'âme – si j'ose dire. Non, le dogme, pour moi, n'est pas le moyen de me constituer en « tendance » au sein de la chrétienté, c'est avant tout l'expression de la dette que j'ai contractée envers la maison qui m'a nourrie, qui m'a engendrée. C'est le moyen de vérifier et de fortifier ma fidélité, même si le peuple de Dieu est infiniment plus vaste que nos bibliothèques de théologie.

1. Le dogme selon lequel Dieu est réellement présent dans l'hostie consacrée. Ce fut (et cela reste) un motif important de divergence entre catholiques et protestants.

Il faut, du reste, comparer ce qui est comparable. Le célibat des prêtres – convention qui me déplaît assez et dont ne s'embarrassent pas les orthodoxes et les chrétiens d'Orient – n'est nullement un dogme mais une règle tardivement codifiée par l'Eglise. En revanche, l'Immaculée Conception en est un, et de taille ; je ne parviens pas à le considérer comme un *casus belli* avec d'autres croyants, mais mon Eglise s'est prononcée. La rémission des péchés par la confession est, pour moi, une pierre angulaire. Les protestants considèrent l'aveu des péchés comme un acte de repentir et de retour à la foi mais n'admettent pas l'idée qu'on en sorte blanchi, l'idée de l'absolution. En l'occurrence, cette idée m'est chère. Ce que je ne supporterais pas, c'est qu'il me soit donné mission de l'imposer à autrui, à mon voisin protestant. Pareille consigne déclencherait en moi le signal de l'insoumission, une sorte de message d'alerte avertissant que je ne reconnais plus mon Dieu. Je ne veux ni commettre le péché d'orgueil qui m'amènerait à m'estimer plus maligne que mon Eglise, ni commettre le péché d'intolérance qui m'amènerait à rejeter mon prochain – et, pour comble, au nom de Dieu et de la foi.

Mon Eglise l'a commis, et abondamment, ce péché d'intolérance. Parce qu'elle rêvait de puissance terrestre. Et parce qu'elle adoptait, trop souvent, une définition du dogme plus philosophique qu'évangélique. Je soutiens, après méditation sur l'histoire de nos religions et sur les limites de notre discernement, que l'attachement au dogme n'interdit pas de se montrer fraternel. A condition, précisément, de définir le dogme comme un fragment de langage humain et non comme une arme missionnaire, comme une arme offensive. « Tu ne seras mon frère que si tu partages mon dogme… » : voilà une démarche qui m'échappe et m'effraie, bien que l'Eglise catholique l'ait adoptée par longues intermittences.

Aux apôtres dominateurs qui ne veulent entendre ni la prière du musulman ni la prière du juif, je rappellerai que la connaissance et l'usage du dogme ne sont pas dissociables de la méditation évangélique. Le dogme paraît carré, non négociable : c'est sa fonction d'instituer une permanence, un référent. Mais la parabole est ronde : qui croit l'enfermer dans un système univoque d'interprétation est bientôt contredit, contesté. Et le psaume est poétique, il atteste que l'imagination n'est pas un sentier plus médiocre que l'intellect pour s'approcher de Dieu. Quand on a sous la main une parabole et un psaume, on est à l'abri d'un emploi conquérant du dogme décrit comme un corpus inaltérable et compact. En aucun cas, je ne souhaiterais vivre et travailler à l'abri du dogme : voilà probablement pourquoi je suis si attachée à l'école laïque, si peu désireuse de respirer l'air d'une peuplade homogène.

Ma génération, en outre, a été profondément marquée par l'œcuménisme – ou son ébauche – d'après Vatican II. C'est un phénomène prophétique et fragile, dans l'Eglise, un phénomène qui m'a d'autant plus touchée que j'étais angliciste, issue d'une région (celle de Montbéliard) où la présence protestante est très affirmée, et que j'ai eu l'occasion, à l'Ecole normale supérieure de

Fontenay, d'expérimenter ce nouveau cours : les « talas » ont dû faire un effort pour que la prière ne soit plus une récitation catholique mais s'accommode de compromis et d'ouvertures. S'il s'avère qu'aujourd'hui l'œcuménisme bat plus ou moins de l'aile (malgré la récente promulgation d'une encyclique promettant de relancer la machine), j'en serai très chagrine ; j'aimerais que les miens, les catholiques, s'interrogent, se demandent quelle part du chemin n'a pas été accomplie au point de menacer pareille rencontre. Un fiasco de l'œcuménisme serait dommageable pour nous autres chrétiens. Ce serait aussi désastreux vis-à-vis de ceux que nous espérons initier à notre démarche. Voilà bien la contradiction de l'esprit missionnaire : d'un côté, l'Eglise entend apporter la « lumière » aux « infidèles » ; et, de l'autre, elle n'est pas capable de résoudre ou de circonscrire des différends mineurs. Si nous ne réussissons pas, entre chrétiens, à nous manifester un respect mutuel, comment parviendrons-nous à mériter le respect hors de la chrétienté ? Avant tout, le Verbe s'est fait chair. La vraie Parole n'est pas dans les dogmes, même si ces derniers comportent une part de révélation et ouvrent la route. La Parole essentielle nous est rapportée, de manière indirecte et fragmentaire, dans ce que nous réussissons à connaître de la vie du Christ. Et là, nous devrions nous rejoindre.

Je ne suis pas sûre que je monterais au bûcher pour maintenir la foi en l'Immaculée Conception. Je ne sais pas si la petite Bernadette Soubirous était spécialement câblée quand elle a prononcé ces mots qui étaient, pour elle, dépourvus de sens[1]. Mais j'aime bien la Sainte Vierge. Il ne me déplaît pas que dans l'Eglise catholique, et aussi dans l'Eglise orthodoxe, elle occupe un fauteuil d'orchestre. Parce que les femmes, plus d'un prêcheur a tendance à l'oublier, ont traversé l'Evangile. Et c'est Marie qui introduit et justifie la participation des femmes à l'élaboration de l'Eglise. Je ne connais rien de plus sobre et de plus beau que la parole de Marie quand l'Ange vient lui annoncer la singularité de son destin : *Fiat*[2]. Je ne crois pas qu'il y ait de parole plus forte dans l'histoire de l'Eglise, de la foi, des êtres humains. C'est cette parole-là qui rend possible la parole de Jésus. Et je juge donc légitime qu'on ait attribué à Marie une place de choix, fondatrice, protectrice, médiatrice.

Voilà pourquoi j'aime bien la Sainte Vierge, qu'elle soit Notre-Dame du Bon Conseil, Notre-Dame des Sept Douleurs, Notre-Dame de Miséricorde. Ma préférée, c'est, bien sûr, celle de mon pays, celle à qui le « parpaillot » Le Corbusier a construit une si belle église, celle qui a traversé les guerres, les incendies, connu les sept plaies d'Egypte : Notre-Dame du Haut à Ronchamp.

De la même manière, j'admets allègrement le dogme, pourtant fort récent, de l'Assomption[3]. Marie est le seul exemple qui nous soit proposé de Résurrection de la

1. A l'origine des pèlerinages à Lourdes serait une apparition de la Vierge à cette jeune fille sans instruction qui aurait répété, sans le comprendre, le message qui lui aurait été transmis : « Je suis l'Immaculée Conception… »

2. Qu'il en soit ainsi.

3. En 1950, le pape Pie XII a énoncé le dogme stipulant que Marie a été exemptée du tombeau comme elle avait été exemptée du péché originel, et s'est élevée dans le ciel.

chair, alors qu'elle n'est pas de nature divine. J'avoue que l'idée qu'elle a été emportée au Ciel, telle quelle, en costume de ville, sans autre transition, m'apparaît comme un signe d'espérance. Je ne dirai pas que c'est un dogme auquel j'adhère, comme on dirait du membre d'un parti qu'il est adhérent dans la mesure où il a réglé sa cotisation. Mais c'est un dogme dont le sens m'apparaît immédiat et joyeux.

J'aime Marie non point comme on vénère une déesse, mais comme on rencontre un être proche et qui vous aide à vous approcher du mystère. Telle est la spécialité des femmes, dans l'Evangile. Pour cette même raison, j'aime Marie-Madeleine. Sa présence nous offre la garantie que l'Evangile n'assène pas, en dernière instance, de jugement moral. Marie-Madeleine, la pécheresse qui offre à Jésus du parfum sans compter, la femme de mauvaise réputation qui est choisie par ce dernier comme confidente ultime, invite ceux qui confondent morale et religion à changer de trottoir. Les femmes de l'Evangile témoignent qu'aux yeux du Christ la Vertu n'est pas le Souverain Bien ; que chaque fragment de l'humanité, fût-il souillé en apparence, reste promis à une aurore morale.

Ces êtres « souples », intuitifs, qui traversent l'Evangile nous aident à mieux comprendre et situer la « loi » dogmatique de l'Eglise. Le christianisme n'est pas un arsenal de rites et de commandements. Il n'est pas non plus un système codifiant la sagesse. Si l'on ne consent pas à intégrer le point de vue de l'observateur dans l'observation, ni à situer l'objet observé dans l'histoire qui l'emporte, à admettre que cette Eglise qu'on observe est telle qu'elle est en un temps T et un lieu L, le dogme apparaîtra fatalement comme lesté d'errances et d'étrangetés. Le message des prophètes, le message du Christ nous l'annonçaient : la Vérité qui nous est promise est une vérité en marche, une vérité qui advient. Si je ne suis pas seulement croyante mais aussi pratiquante, c'est parce que j'accepte, malgré tant d'imperfections, cet héritage qui guide et nourrit ma foi. Je suis curieuse d'autres nourritures, je ne refuse pas de consulter le menu de la table d'à côté, mais je ne suis pas tentée de chercher la rupture, de dilapider le capital de fraternité, de sens commun, que représente pour moi l'appartenance à l'Eglise catholique.

Pire : en m'éloignant de ma paroisse, en cherchant ailleurs plus de cohérence, je craindrais de m'en aller vers quelque chose de plus rigide, de plus fermé. Au fond, je substituerais à la discipline dogmatique de mon Eglise un carcan beaucoup plus sectaire, spirituellement moins riche. Même si je suis agacée par telle ou telle page du grand catalogue des articles de foi, je suis persuadée que j'ai intérêt à me fondre humblement dans ce grand courant, et que ce choix me simplifie la vie, me fournit une petite trousse d'outils qui m'est précieuse et que je n'ai charge de revendre à personne. Le chemin catholique est sans doute, pour moi, le plus sûr, le plus carrossable.

Je ne fais donc pas partie de ces chrétiens qui croient « malgré l'Eglise ». Ni les mauvais prêtres, ni la Grande Inquisition d'autrefois, ni les petites inquisitions toujours prêtes à renaître ne me détournent ni ne m'ébranlent. Les avatars institutionnels, les ratés du discours, les fautes graves sont à mes yeux les jalons détestables – mais assez inéluctables – de l'aventure humaine qu'est aussi l'aventure ecclésiale. Elle est tellement humaine, cette entreprise, que les dogmes qui en sont issus ressemblent aux images décrites par Platon, tout au fond de la caverne : tremblotantes, vacillantes, cernées d'ombres.

Quand j'étais enfant, la coutume était de se signer dès qu'on rencontrait une croix. Et je me souviens qu'en longeant l'église on apercevait, de l'extérieur, un vitrail (dont j'ai déjà dit qu'il ne m'inspirait guère) montrant saint François-Xavier en train d'imposer la croix aux petits Noirs d'Afrique. En principe, cette croix-là imposait le respect de la règle. Mais, justement, cette croix-là, je ne l'aimais pas, et je me dispensais d'observer la règle si j'étais seule ou si j'étais en compagnie de quelqu'un d'indifférent ou de laxiste. Avec ma mère, bien sûr, ce n'était pas le cas. J'étais *illico* sommée de m'exécuter : « Ton signe de croix, Marguerite ! » Je m'exécutais, mais en rusant. Un peu plus loin, face au monument aux morts, se dressait une belle croix en grès des Vosges. Je freinais mon geste devant le vitrail afin d'obéir à ma mère en vue de l'autre étape. Finalement, c'est un bon exemple, quoique infantile, de la manière dont je me soumets encore maintenant, dont je me faufile entre les mailles.

L'Eglise catholique a plus dérapé que d'autres parce qu'elle a été plus puissante, parce qu'elle s'est parfois trouvée en position majoritaire, et entraînée presque mécaniquement à élargir sa majorité. Il n'est pas mauvais pour elle, et pour ses fidèles comme moi, qu'elle connaisse des périodes de vaches maigres. Elle cesse, du coup, de baptiser les gens contre leur gré ou de chiffrer la progression de la foi en nombre de « conversions » accomplies. Si les temps sont durs pour l'institution romaine, ils sont peut-être plus tendres pour ceux auxquels elle s'adresse. Je n'ai, par conséquent, aucun regret de l'Eglise triomphante. En même temps, je n'éprouve nul malaise à l'idée que ce soit, chez elle, une pente regrettable : on ne m'a jamais caché la chose ; mon père, muni de son anticléricalisme farouche, était fort disert à ce propos. Bref, j'ai su très tôt que tous les pharisiens[1] possibles et imaginables étaient présents et actifs dans mon Eglise, dont ils symbolisent, en quelque sorte, le péché originel. Et la part « pharisienne » de moi-même me rappelle à la relativité, donc à l'humilité.

Cela dit, s'agissant du dogme, je soulignerai que les papes successifs n'en ont pas abusé et se sont généralement gardés d'accumuler les couches sédimentaires. Ce n'est pas parce que Jean-Paul II connaît des démêlés un brin obsessionnels avec le préservatif que la pensée dogmatique de l'Eglise s'est étoffée ou durcie – le bon usage du latex n'est pas article de foi. L'infaillibilité dogmatique ne concerne que des innovations rares et limitées.

1. Courant de scribes et docteurs de la loi qui apparaissent, dans l'Evangile, comme hypocrites et donneurs de leçons.

Je reconnais, par ailleurs, quitte à choquer nombre de lecteurs, qu'il n'est pas inutile que la voix du pasteur s'élève, de temps à autre, au-dessus du troupeau. Cette fois, c'est l'ex-proviseur qui se manifeste. Sans peur du loup, sans l'aboiement de quelques chiens vraiment musclés, le troupeau se disperse. Et je comprends qu'un minimum de rappels dogmatiques soit indispensable, non pour que tous marchent au pas, mais pour que tous gardent la perspective d'une appartenance communautaire en dépit d'un milliard de spécificités, antagonismes ou divergences. La liberté des enfants de Dieu s'appuie sur un corpus de lois, règles, rites, etc., autant qu'elle est contenue ou bornée par ces mêmes lois, règles et rites.

Il est vrai que l'autorité dogmatique est d'une autre nature et d'une autre envergure que l'autorité réglementaire. C'est une autorité qui postule un fondement transcendant de l'édifice, qui attribue à chaque croyant son paquetage standard, comme on équipe un bidasse qui part pour sa première marche de nuit.

L'argument peut paraître sommaire. Il esquisse, pourtant, la ligne de démarcation entre une église et une secte. A l'intersection de la révélation et de l'intelligence, le dogme a ceci de précieux qu'il évite au croyant lambda de repartir à zéro, de reparcourir tout un trajet précédemment exploré. Le dogme va très au-delà de la loi et de la règle : il me permet, à moi, simple fidèle ignorante, de réciter un *Credo* qui rencontre immédiatement le *Credo* que récite mon voisin à la messe. Il y a là une puissance fédératrice rarissime dans l'histoire, une source de fraternité qui défie les siècles comme aucune autre. La communion des saints, c'est quand même autre chose que la fête de *L'Huma*.

Une secte, étonnamment, n'a pas de dogme. Elle a des lois, elle a un gourou. Mais l'enseignement du gourou n'est jamais le prolongement d'une tradition antérieure. Ce n'est qu'un petit épisode dans un temps très limité, et qui s'évapore avec les cendres du gourou qui est l'unique clé de voûte et l'unique bénéficiaire de l'opération. Le gourou prêche pour lui-même, pour sa boutique et son profit, il n'est pas héritier et n'a pas d'héritier. Les papes, eux, passent et trépassent, l'Eglise poursuit sa route. Sous Pie XII, quand nous étions las des papes anguleux aux joues creuses, Jean Sulivan prophétisait : « Nous finirons bien par en avoir un qui soit rond… » Ce fut Jean XXIII.

Il est fatal qu'à certains moments le dogme se construise au détriment de la foi. Si l'Eglise est entre les mains d'hommes de peu de foi armés du dogme, il arrive ce qui est arrivé à Pierre lorsqu'il a douté à l'idée de marcher sur les eaux : un naufrage. C'est écrit depuis l'origine et cela me rassure qu'il en soit ainsi. Cette Eglise qui tangue, qui s'échoue, finit, malgré tout, par tracer sa route. Parce qu'elle possède, invisible sous la ligne de flottaison, une quille à nulle autre pareille.

5

Interlude contestataire

Mon Eglise vient d'être secouée par un « tremblement de terre » dont je ne puis éviter la mention. D'autant que le séisme me paraît avoir été confondu avec le raz-de-marée médiatique qui l'accompagnait. L'affaire Gaillot, puisque il faut la baptiser par son nom, est de ces actualités dont j'aurais volontiers fait l'économie mais que je ne puis me dispenser de commenter. A la fois parce que j'ai la langue bien pendue et parce que l'émotion de mes coreligionnaires a été vive.

Disons-le tout net : le « phénomène » Gaillot n'est, à mes yeux, qu'un épiphénomène cathodique et creux – un de plus –, dont la seule originalité est qu'il a pour héros, ou plutôt pour prétexte, un évêque. Quand vous êtes au centre des *sunlights*, vous êtes, quasi mécaniquement, en état de réquisitionner nombre de défenseurs. Mais je crois que ce phénomène n'est qu'un feu de paille, qu'il est presque effrayant de vacuité. Il illustre combien, dans l'univers médiatique, le principe de Peter est encore plus cruel et impitoyable qu'ailleurs.

Je sais de quoi je parle, je me sens directement concernée par ce risque de dérive. Dire l'école devant des caméras, c'est déjà courir le risque d'innombrables contresens ; c'est une gageure, un défi. Dire sa foi en studio, c'est encore pire. L'image médiatique éclipse complètement le fonctionnement de l'Eglise, le dogme, la définition des rôles et des tâches. Les amis de Jacques Gaillot ont plaidé qu'il a « rendu l'Eglise plus proche des hommes ». Sûrement pas. En brouillant les pistes, en jouant sur tous les tableaux, il a rendu l'Eglise plus opaque. Il a feint d'oublier qu'il est évêque, et qu'un évêque est – notamment – le représentant de Rome dans son diocèse. Ou bien il cessait d'être évêque de son plein gré, et les choses étaient claires. Ou bien il restait évêque, et il n'y a rien d'étonnant qu'on l'ait traité en évêque. Mais *L'Evêque malgré lui* est une comédie assez médiocre. Jean-Pierre Chevènement, lorsqu'il était ministre, avait convenablement énoncé la règle : quand on s'approche d'une certaine forme de pouvoir, « on ferme sa gueule ou l'on s'en va ».

Si Jacques Gaillot souhaitait entrer en dissidence par rapport au Vatican, cela lui était facile. Il lui suffisait de demander un congé, une année sabbatique, des vacances sacerdotales. La pratique est courante dans l'Eglise et je l'approuve. Je suis moi-même suffisamment critique envers les Romains pour comprendre qu'un clerc ait besoin de s'écarter, de rentrer en lui-même ou, au contraire, d'affirmer sa différence. Mais Jacques Gaillot voulait le beurre et l'argent du beurre, il se voulait mitre en tête et crosse à la main mais se voulait aussi délié de sa hiérarchie. Dans la fonction publique, on lui aurait tapé sur les doigts beaucoup plus vite, et nul ne s'en serait alarmé. Un laïc et même un prêtre disposaient amplement d'eux-mêmes. Un évêque est un croyant qui accepte de siéger au gouvernement de l'Eglise. Pourquoi jouerait-il les militants de base ?

L'événement serait plus dérangeant si l'évêque d'Evreux avait porté un message très puissant et singulier. Mais qu'a-t-il dit ? Que l'usage du préservatif est une précaution souhaitable contre la propagation du sida ; que les homosexuels sont respectables ; que les sans-logis doivent être logés. Fort bien, je souscris à cent pour cent. Mais qu'a-t-on besoin d'être évêque pour enfoncer avec tant d'énergie des portes grandes ouvertes ? Faut-il être clérical pour s'émerveiller qu'un dignitaire de l'Eglise proclame ce que n'importe quel citoyen raisonnable est en mesure de proclamer ! Jacques Gaillot s'est fait une spécialité de débiter *en sa qualité d'évêque* des idées générales que d'autres, dans la société dite civile, sont mieux fondés à défendre. Le tout est passablement sot et contradictoire. Ce que j'ai retenu, de son propos, c'est qu'il avait dû pactiser avec le diable car il portait des chaussures Mephisto. Voilà qui était drôle et sympathique, dans un ensemble tragiquement dépourvu d'humour. Pour le reste, j'ai entendu une réplique pâlichonne de l'abbé Pierre, à cette différence près que l'abbé Pierre est hostile au préservatif et qu'il a, lui, créé l'association des chiffonniers d'Emmaüs. Jacques Gaillot, pour sa part, est un homme qui parle, qui parle, qui parle. Et qui se dit persécuté si sa parole lui vaut quelques ennuis. J'espérais que Jeanne d'Arc aurait choisi, pour se réincarner, une enveloppe plus consistante.

Sa parole, du reste, est passible d'amples variations saisonnières. Il chante *Il est né, le divin enfant* sur les antennes de *Rien à cirer*, prêche dans *Lui*, fraternise avec *L'Huma*. Je cherche en vain le fil conducteur et ne trouve que l'obsession de se contempler le nombril sur tous les écrans possibles et imaginables. D'où parle-t-il ? Qui est-il ? Que représente-t-il ? Son langage est-il individuel ? Est-il collectif ? Nous sommes dans l'extrême confusion. Gaillot-évêque et Gaillot-Gaillot se repassent indéfiniment la balle, comme l'escamoteur, tout en déversant son boniment, étourdit les badauds. S'il s'exprime en simple fidèle essayant de conquérir un peu de liberté par rapport à la doctrine et avouant que, ma foi, pour être chrétien, il n'en est pas moins homme, ce n'est plus un discours d'évêque. Mais s'il conduit le troupeau, rien ne l'autorise à se dispenser de la doctrine.

L'argument selon lequel cet évêque « différent » a grandement servi dans la mesure où il a rendu l'Eglise aimable ne me convainc guère : non, il n'a pas rendu l'Eglise aimable, c'est dans le refus d'obéissance qu'il s'est lui-même rendu aimable. L'autre argument, selon lequel cet évêque est admirable parce qu'il s'est rangé aux côtés des petits ne me convainc pas plus : son évêché, son diocèse, il s'y est accroché comme un beau diable. Un évêque qui fait sauter la baraque, cela peut être superbe. Mais il ne fait rien sauter du tout : il se faufile d'un registre à l'autre, alignant les paroles verbales et feignant la surprise quand le fil se rompt. Il annonce alors, d'un ton pénétré, qu'il se retire au couvent. Mais, en guise de couvent, il galope de chaîne en chaîne, exploitant la crise tant qu'elle est chaude.

Je ne comprends pas pourquoi l'évêque d'Evreux, s'il désirait se libérer de Rome, n'est pas entré en journalisme ou ne s'est pas converti en animateur de télévision. Cela me rappelle le propos d'une passagère de l'autobus 70, celui qui mène au Bon Marché, à une époque où je m'étais abondamment montrée à la télévision :

– Madame le proviseur, faut vous présenter à la présidence de la République !

Le propos était aimable dans sa bouche. Si je l'avais accueilli, fût-ce un instant, dans ma cervelle, j'aurais basculé dans cette espèce de soûlographie médiatique qui nous guette tous en pareilles circonstances. L'exercice, d'une certaine manière, est exaltant : vous cessez de vous appartenir à vous-même, vous n'êtes plus que cet objet porté par les médias. L'antidote est connu : définir clairement quels sont vos champs de compétence, ce dont vous parlez, et jusqu'où votre parole est légitime.

Jacques Gaillot ne s'est pas embarrassé de ce style de garde-fou. Au contraire. Il a constamment cédé à la tentation de se ranger systématiquement du côté de l'opprimé, tentation perverse si elle n'est accompagnée d'une politique, d'une action. Elle permet de s'afficher évangélique à bon compte. Et comme les évêques ne savent pas communiquer, ils ont jugé pratique, un temps, d'avoir parmi eux ce confrère qui publiait six livres à la fois, qui multipliait les apparitions, et qui distribuait des paroles lénifiantes répondant au désarroi des brebis qui aimeraient demeurer dans le troupeau – à condition qu'elles dénichent un pasteur leur certifiant qu'elles n'ont rien à changer pour être bénies et admises dans la maison du Père.

A la fin de mon précédent ouvrage, j'écrivais que « plus je proteste, plus j'espère ». Je ne renie pas la formule et c'est même sur ce terrain que je m'autorise une polémique peu charitable avec mon frère Jacques Gaillot. Ce que je lui reproche, au fond, c'est d'être un mauvais contestataire. Son narcissisme l'a entraîné dans une logique du tout-ou-rien qui donne à croire que l'Eglise est monolithique et qu'elle ne connaît que la soumission ou la sanction. Il s'est enferré dans une célébrité qu'il a construite sur ce terrain vicié, offrant une image caricaturale à tous ceux qui se grattent quand leur appartenance à l'Eglise les démange. Le langage de l'autorité, dans l'Eglise, est fréquemment détestable. Le pape s'exprime abondamment sur le mode de la condamnation. Mais, justement, je ne pense pas que Jacques Gaillot fasse œuvre utile en se fabriquant une auréole de martyr : il contribue, par sa maladresse ostentatoire, à renforcer les barrières, à bétonner les contresens. Ce mélange de guimauve et d'évangélisme trop humain est, au mieux, un coup d'épée dans l'eau, au pire, un gâchis.

J'avoue être incapable de m'attendrir – je ne suis, décidément, pas « charitable » – sur l'effroyable sort réservé par la hiérarchie au malheureux déviant. Il nous joue la complainte du pauvre parmi les pauvres, de l'exclu parmi les exclus. Un peu de bon sens. Moi qui ai une âme de fonctionnaire, je vois dans cette « tragédie » un remaniement organisationnel. Jacques Gaillot n'est nullement exclu de l'Eglise, grâce à Dieu ! mais il est relevé d'une charge avec laquelle il jonglait allègrement, non sans désinvolture. Il nous fait cependant le « coup de l'exclu », gommant ce que des esprits ouverts et modérés, tel René Rémond, ont essayé de rappeler dans le tohu-bohu : il a été averti, on lui a fourni des délais de réflexion, et il s'est, de lui-même, sorti du jeu. En fait, nous ne vivons pas le martyre de sainte Blandine mais un nettoyage de printemps. A se poser en persécuté, l'ex-évêque d'Evreux finirait par me rendre papiste, ce qui n'est pas, on l'a compris, ma pente naturelle...

Ce qui est grave, là-dedans, c'est qu'une péripétie aussi mineure nous cache des failles et des débats d'une tout autre importance. Quand j'observe le désaccord qui se creuse entre l'Eglise d'Allemagne et Rome, je m'inquiète sérieusement. Jacques Gaillot, à la télévision, a rencontré Eugen Drewermann [1] et n'a rien trouvé d'autre à lui dire que le plaisir qu'il avait eu de faire sa connaissance. C'est un peu court. Que des théologiens aussi féconds que les théologiens allemands soient mis sur la touche, voilà qui mériterait notre vigilance. L'Eglise d'outre-Rhin, écartelée, bouleversée, crossée

1. Théologien allemand qui a encouru les foudres de Rome pour avoir introduit des éléments de psychanalyse dans ses essais d'interprétation. Auteur de très nombreux ouvrages traduits en français. Récemment : *La Parole et l'angoisse : un commentaire de l'Evangile de Marc*, Paris, Desclée de Brouwer, 1995, et *Fonctionnaires de Dieu*, Paris, Albin Michel, 1995.

par un pape polonais au moment où s'effondre le mur de Berlin, c'est un enjeu de première grandeur, un appel à reprendre Vatican II.

Si l'Eglise d'Occident continue à maltraiter des esprits tels qu'Yves Congar, Marc Oraison ou, plus récemment, Paul Valadier (ancien directeur de la revue *Etudes*), elle se prépare une redoutable traversée du désert. J'ai dit, plus haut, qu'à l'aune de l'éternité j'envisageais assez sereinement les éclipses et les tunnels. Pour autant, il me paraît suicidaire qu'on se prive d'apports intellectuels considérables. Autant je récuse le prosélytisme médiatique de Jacques Gaillot, autant je me sens prête à m'enflammer pour qu'on n'interdise à personne de chercher et de communiquer ses recherches. J'ignore si les thèses d'Eugen Drewermann sont réellement pertinentes, mais je sais que la liberté de pensée – quand elle n'est pas prosélyte, j'y insiste – est, en elle-même, respectable. On peut combattre des idées, on peut les critiquer, on peut même les dénoncer comme « impies », mais on ne peut pas bâillonner les hommes. L'Eglise ne s'en est pas privée, jadis, et n'est pas sortie grandie de l'exercice.

Quant à Jacques Gaillot, je cours après ses idées… et ne les rattrape jamais. J'ai bien envie de lui souffler dans l'oreille, au délicat moment du baiser de paix : « Qui fait l'ange, fait la bête… »

6

Je vous prie

Quand un gosse entame sa vie chrétienne et sa vie tout court, on lui apprend à tenir sa cuillère, on lui raconte quelques histoires, et on lui dit de « faire sa prière ». Qu'est-ce que cela signifie, « faire sa prière » ? Voilà bien, pour le croyant, l'acte le plus élémentaire, le plus rituel. Et aussi le moins racontable. J'ai parlé, au début de ce livre, d'une « tentation pornographique ». Nous y sommes. Nous entrons dans l'intime. Mais puisque mon propos est de donner à voir ou à sentir l'expérience de la foi, pour autant que ce soit imaginable, il faut que je m'y lance.

Prier est d'abord un acte concret : des gestes, des sons, une attitude. C'est réciter. Avec des variantes, certes (j'aime ainsi tutoyer Dieu en anglais parce que le *Thou* [1]

1. En langue anglaise ancienne, *Thou* est la deuxième personne du singulier. L'anglais contemporain emploie indifféremment *You* pour la deuxième personne du singulier et du pluriel. Mais les textes officiels ou religieux ont conservé le tutoiement originel, non sans l'accompagner, par l'archaïsme de la forme, d'une nuance de respect.

est très beau, mariant de façon poétique la distance et la proximité). Il n'empêche : « faire sa prière », c'est réciter. C'est ensuite demander quelque chose à Dieu, demander pardon, demander que Dieu bénisse la maison, les parents. C'est enfin dire merci, merci pour le genou qui a guéri (éventuellement merci pour l'épreuve du genou malade, et cela, c'est plus difficile à articuler), merci pour le beau temps ou pour la pluie.

Et, à l'église, prier, c'est pérégriner, déambuler, chanter des chants assez simples (puisque le peuple de Dieu n'est pas plus finaud qu'un autre), prononcer les mêmes mots en même temps et vérifier ainsi qu'on s'appuie sur les mêmes formules construites – l'incantation partagée soude le groupe, façonne la paroisse, fixe le rendez-vous des uns et des autres. Il y a une sagesse de l'Eglise qui définit un code, alterne les phases de la messe où l'on est debout, où l'on est assis, détermine la manière dont les fidèles sont guidés par le célébrant, partage le temps de l'assemblée entre la prière apprise et une prière plus méditative et personnelle. L'aspect répétitif ne me gêne pas, mais je suis inégalement à l'aise dans les deux grandes formes de prière que l'Eglise a instituées : la prière d'adoration, ou d'offrande, où l'on remercie Dieu d'être présent, de déchirer le ciel d'une fulgurance ; et la prière d'intercession, qui risque toujours de déraper (on rêve facilement d'avoir un Dieu à son service, comme Voltaire l'avait ironiquement relevé), qui me perturbe un tantinet quand elle vire au mercantilisme élémentaire, quand elle risque de l'emporter sur l'acte d'abandon. Il reste quelques terres (en Alsace, en Bretagne), où le son de la cloche qui convoque à la prière associe directement cette dernière aux grandes et petites étapes de la vie. Tout cela est relativement simple et connu : j'ai un peu l'impression de vous chanter *Les Trois Cloches*, la voix d'Edith Piaf en moins.

Tout cela est trop simple, en vérité. Car, outre le rite communautaire difficilement compréhensible par les gens du dehors, la prière, c'est très personnel, c'est infiniment privé, c'est ce que j'ai comparé, plus haut, à la vie sexuelle. Suis-je seulement capable de dire quand je prie, à quels moments exacts je suis en prière ? Je peux dire sans difficulté à quelle heure je me rends à l'église pour prier. Je peux produire, à l'appui, mon agenda. Mais où passe la frontière entre la prière et la méditation, entre la prière et la lecture ? Ne suis-je pas, à l'occasion, en train de prier pendant que je m'active à la cuisine ? Je ne parviens pas à découper ma vie spirituelle en fuseaux horaires. La foi est prière et la prière est foi ; pour moi, c'est tout un.

Pour être claire (mais j'ai grand-peur de parvenir au résultat inverse !), je ne crois pas que je prie. Je pense que la prière existe dans ma vie, qu'elle est un mode de relation à la foi, avec des temps forts, des temps lucides, et qu'elle est avant tout le chemin que la Parole de Dieu franchit en moi. Prier – je n'évoque ici que ma manière d'être –, ce n'est pas se mettre à genoux dans un coin de l'appartement, ce n'est même pas agir différemment du reste de la journée. C'est une espèce de courant qui passe, qui me traverse. A la limite, prier serait une absence de prière : ce serait devenir, de façon continue, porteur de foi et témoin de foi. Prier, pour un catholique romain, c'est être – me semble-t-il –, par des moyens divers et au gré d'habitudes diverses, présent à Dieu, lui-même présent à chacune de ses créatures. Telle est la raison pour laquelle j'écrivais que la plus belle parole, la plus belle prière, est le *Fiat* de Marie. En d'autres termes : que ta volonté soit faite dans ma vie, dans le monde, chez moi comme chez les autres. Tout simplement, « Me voici ».

J'ignore si c'est cela qu'on nomme la transcendance – je ne suis pas assez philosophe et théologienne pour prétendre à l'exactitude. J'essaie de décrire un processus qui s'opère malgré moi, qui m'investit et m'habite. Lorsque je prononce la phrase « Pardonnez-nous nos offenses comme nous pardonnons à ceux qui nous ont offensés... », je ne postule pas un état psychologique ou moral. En fait, certaines offenses me restent solidement sur le cœur et je n'ai nulle envie de tirer un trait (j'aurais plutôt envie d'étrangler tel ou tel). Néanmoins, j'espère que le pardon de Dieu, hautement plus probable et efficace que le mien, passera à travers moi et réalisera ce dont je suis incapable. Ma prière est un acte d'adoration à partir de quoi les contingences ne sont que foutaise et fadaise.

Il fut donc un temps où je « faisais ma prière », alors qu'aujourd'hui je prie quasiment sans m'en apercevoir. Parfois, cependant, je me fixe un rendez-vous particulier. C'est, par exemple, un moment de la soirée où j'éprouve le besoin de me redire à moi-même, explicitement, que je suis fille de Dieu ; un moment où je décide de recharger mes batteries en nourrissant ma foi, en revenant aux prières dont les textes sont proches de ce qui s'énonce en moi – ceux de Thérèse de Lisieux, de François d'Assise, de Claude La Colombière, c'est-à-dire de gens qui m'aspirent dans la lumière de leur sillage : leurs paroles sont mystiques ou poétiques, ou bien elles portent loin parce qu'elles ont été répétées dans les siècles des siècles, comme on chante le *Salve Regina*, le soir, dans les abbayes cisterciennes. C'est une immense respiration, comparable au chant grégorien, qui est inabordable sans que la voix soit placée et le souffle établi. Le chant grégorien dénoue le plexus solaire, provoque une manière de libération physique. Cela ressemble à ce que j'éprouve dans ces moments de « méditation » (j'emploie le terme avec précaution, je l'assortis de guillemets car je ne voudrais pas qu'on l'interprète dans son acception philosophique : je souffle plus que je ne pense).

Je serais fort en peine de préciser quelles sont mes prières préférées, ou quel espace occupe la prière dans ma vie. La messe, on sait où et quand. Mais la prière ! Je prie dans l'autobus (les moyens de transport me réussissent toujours...), ou je dis un chapelet, ce qui est une forme d'apaisement, de prise de distance par rapport aux événements qui m'agressent. Bref, je m'abandonne à une espèce de rabâchage perpétuel qui pourrait se résumer en cette prière simple : « Mon Dieu, passez dans ma vie, servez-vous de ma vie pour atteindre les autres... » Et c'est tout. Je ne crois pas qu'il me viendrait à l'esprit une phrase telle que : « Je vous prie pour le repos de l'âme de ma mère… » D'abord, parce que je suis convaincue qu'elle se repose. Ensuite, parce que mon souhait profond serait qu'elle ne soit pas au repos, que je parvienne à communiquer avec elle, qu'elle me raconte le paradis avec autant de trouvailles verbales qu'elle en avait pour me raconter la vie d'ici-bas. Non, je n'ai pas envie d'introduire dans ma prière un contenu défini. J'ai envie de ressasser continuellement : « Faites de moi un maillon de cette chaîne sans fin qu'est l'amour de Dieu ! » Au fond, je ne trouve pas meilleure prière que la contemplation du crucifix, du Christ en croix, sans formule habile, sans fioritures.

Je n'ignore pas que le mot « contemplation » appelle quelques précautions ou commentaires. Je crains de décevoir le lecteur. « Contempler », sous ma plume, signifie regarder, regarder une image du Christ avec la conscience aiguë de la mythologie que cette image draine. Je sais que la représentation qui m'est offerte n'est pas celle de Jésus. Je sais qu'il n'a pas été crucifié ainsi (je me rappelle que « la Chauffe », mon professeur d'histoire, ne cessait de s'indigner : « Les peintres et les sculpteurs, c'est de l'escroquerie ! Il n'y avait pas de croix, une simple barre ; il n'y avait pas de clous, les condamnés mouraient par asphyxie ; et ce n'est pas du vinaigre que les soldats romains donnaient à boire, juste de la piquette acide ! »). Je sais cela. Mais la contemplation du Christ en croix, pour moi, c'est un hymne cistercien que les moines chantent au moins une fois par quinzaine : « Le Fils de Dieu les bras ouverts a tout saisi dans son offrande, l'effort de l'homme et son travail, le poids perdu de la souffrance… » Le geste du Christ en croix m'emporte. Quant au reste, je me réjouis que les historiens étudient, ce n'est pas la même histoire.

Je demande pardon à mes amis protestants : j'ai coutume, assez fréquemment, de prier les saints. Je connais leurs spécialités et je n'hésite pas à tirer leur sonnette. Je demande à saint Laurent de me donner le sens de l'humour, don précieux s'il en est. Mais les saints ne sont pas Dieu, ce sont des escabeaux pour franchir deux ou trois marches, des tabourets pour me hisser un petit peu plus haut que ma taille naturelle. C'est commode, c'est pratique, je m'adresse aisément aux saints – et même de façon fervente à mes favoris. L'immensité de Dieu, elle, suppose un acte d'abandon tel que la prière en devient comme muette. Lorsque j'étais enfant et que je récitais des chapelets à toute allure, j'apprenais à me plier la carcasse. Maintenant, sans renier la récitation, sans la regarder de haut ni de loin, sans contester son caractère mécanique, je vis différemment, je n'en finis plus de contempler ce martyr, cet homme crucifié dont les membres ont été brisés.

Je songe que j'ai contribué à le mettre en croix, que je n'ai pas le droit d'oublier cela. Mais je ne le dissocie pas non plus du ressuscité, du Christ radieux qui rencontre Marie-Madeleine (j'avoue, au passage, n'avoir pas été choquée une seconde par le film de Martin Scorcese, *La Dernière Tentation du Christ*, et très choquée par les manifestations auxquelles la sortie de ce film a servi de prétexte). Certains pays, certaines traditions ont plutôt tendance à représenter Jésus aux différentes étapes de ses tortures : flagellé, les poignets liés, couronné d'épines. A mes yeux, le Christ-Roi est indissociable de celui du vendredi saint, et réciproquement. Sa douleur est aussi une garantie d'amour.

Ce qui est certain, c'est qu'il a une sorte de culot, ce Dieu qui s'exhibe à la face du monde tellement démuni, humilié, livré au ricanement des hommes. Il faut bien que son message soit d'une force inouïe pour partir d'aussi bas, d'un signe aussi faible. La mère abbesse de la Grâce-Dieu me confie souvent que, devant cette croix, elle s'adresse à Dieu en disant : « Il faut que Tu existes ! » Le renversement est si complet que, même s'il n'y avait rien derrière, ma foi serait totalement enracinée. La perte du sens serait telle qu'il faut bien que cela ait un sens.

Lorsque j'écris que j'ai « contribué » à mettre Jésus en croix, je veux dire que je me sens comptable de cette souffrance et de ce pari. Je ne me roule pas, pour autant, dans une culpabilité dont le lecteur aura compris qu'elle ne constitue guère un pilier de ma dévotion. Je me sentirais « coupable » si l'absolution, la confession, la promesse de rédemption n'existaient pas. Je crois que cette économie mystérieuse m'est antérieure et me sera postérieure, qu'elle ne fait que me traverser. Je crois que le sacrifice du Christ que je contemple est assorti d'une promesse incommensurable, que les choses ne peuvent pas en rester là.

Pendant une année scolaire, quand j'étais étudiante,

je me suis donné beaucoup de peine pour m'accorder cette preuve ou cette absence de preuve, pour mettre en vacance mon identité de croyante. J'ai cessé de pratiquer. Ni l'idée ni la chose n'étaient insupportables. Simplement, cela ne tenait pas. Dans l'échec et la maladie, j'ai retrouvé, plus forte, la voix du Christ. Et j'en suis restée là. Je pourrais me faire peur en pensant que la Terre est plate, qu'il est concevable d'en atteindre l'extrémité. Pareille gymnastique serait, pour ce qui concerne ma foi, du même ordre. Ce ne serait pas douloureux, ni scandaleux : ce serait une curiosité, une bizarrerie, une loufoquerie. Je ne parviens d'ailleurs pas à m'expliquer sans invoquer le mystère pourquoi un monde où la croix du Christ serait dépourvue de sens est chez moi inimaginable, alors que cette conviction, cette évidence, ne saute guère aux yeux de nombre de mes contemporains. Je le constate, je n'en suis pas troublée, j'admets que ce qui est évident chez moi n'est pas évident chez eux (et, même, que l'évidence, chez eux, est parfaitement contraire à la mienne). C'est une question, un ample point d'interrogation, cela m'incite à réfléchir sur la forme et la portée de mon témoignage. Mais je ne suis pas déstabilisée pour autant. Le message de Jésus sur la croix me « crève les yeux », littéralement.

La prière est l'antichambre de ce que les chrétiens nomment la communion des saints. Lorsque j'évoque la communion des saints, je me réconcilie avec l'Ancien Testament, dont je me sens assez éloignée ; je perçois la longue marche d'un peuple de tous les temps et – c'est ici que le Nouveau Testament m'est cher – de tous les lieux. C'est à la fois universel et éternel, c'est une économie du Salut mondiale ou plutôt cosmique : je ne suis, là-dedans, qu'une bestiole, certes lestée de ses soucis et de ses missions de bestiole, mais petite au sein du peuple innombrable.

Je n'écris pas cela par modestie, ce qui n'est guère mon penchant : j'aurais facilement tendance à penser que le misérable maillon que je suis risquerait, en cassant, de provoquer des réactions en chaîne. Mais il me plaît que la chaîne soit infinie. Les jours où je suis mécontente de moi, où mon pain quotidien me tracasse vraiment trop, où je suis désagréable avec mes collaborateurs, je me rassure en songeant que le mouvement général qui arrime l'humanité à Dieu, malgré les hiatus et les discordances, fonctionne pour moi, roule pour moi. C'est très exactement ce que j'éprouve et vérifie dans une abbaye cistercienne dont les moniales, sept fois par jour, vont à la prière, quoi qu'il advienne : le peuple de Dieu est pourvu d'une sorte d'armature qui résiste au temps et aux défaillances. Ceux qui veillent, ceux qui sont les sentinelles de la foi, ne font rien d'autre qu'exprimer et manifester cette certitude à laquelle je crois comme je gage que deux et deux font quatre : la Grâce traverse le monde et vient à moi sans que je la mérite aucunement parce qu'il y a des veilleurs, des gens en prière, des saints de tous tempéraments – les uns portés au martyre, les autres à la rigolade, les uns faiseurs de miracles, les autres balbutiants et patauds, les uns guerriers et les autres aux mains nues.

Le jour des grandes retrouvailles, j'aimerais bien rencontrer le curé d'Ars, qui soupçonnait le Malin d'accélérer la moisissure de ses patates, et je crains de n'avoir pas grand-chose à dire à Jeanne d'Arc, dont je ne sais guère ce que nous avons en commun (cette façon d'endosser une armure, de mêler Dieu à des affaires d'Etat, d'entendre des voix, il me semble qu'un bon psychiatre en serait venu à bout – mais je cède peut-être à un ressentiment d'angliciste...). Je souhaiterais croiser Thérèse de l'enfant Jésus dont j'admire le cran, le toupet, la manière qu'elle avait de défier le pape et le monde, de quitter l'esprit de conquête pour l'esprit d'amour, et de rêver qu'il pleuve des roses sur les humains. Je serais sûrement attendrie par François d'Assise, qui est un saint follement décoratif, et séduite par Charles de Foucault, qui ne l'est pas moins.

Je snoberais un peu Thérèse d'Avila et Jean de la Croix, qui feraient très chic dans ma liste, et je leur préférerais des petits saints douteux, tout juste tolérés au catalogue, mais dont l'histoire a ravi mon enfance et au-delà (sacré saint Laurent, j'y reviens, que les impies ont grillé tout vif, et qui a prévenu de lui-même que le premier côté était à point et qu'il était temps de le retourner !). Je ne manquerais pas sainte Odile, une voisine de mon pays, connue dans tout l'est de la France pour guérir les yeux, ni saint Tiburce qui, lui, guérissait « le sec » (le rachitisme des nourrissons, qui leur valait un sternum saillant). Je saluerais très bas saint Dizier, l'évêque qui calmait les fous et qui a sa « pierre de la folie » dans une belle église romane du territoire de Belfort. Je prendrais des nouvelles de saint Nicolas, qui ne me déplaît pas, ou de sainte Rita, patronne des causes perdues. Et surtout, surtout, je tomberais dans les bras de sainte Véronique, déjà nommée, Véronique, qui garde l'empreinte de Jésus.

C'est vrai que j'ai plus de mal à me référer aux grandes pointures. Ce n'est ni dédain ni timidité. *L'Itinéraire spirituel* d'Ignace de Loyola est, par exemple, un écrit qui m'est resté, dont ma cervelle et ma mémoire n'ont pu se passer. Mais le phénomène est assez analogue à ce que j'éprouve quand on me demande quels sont mes « grands auteurs ». Ignace de Loyola m'est plus proche par sa puissance intellectuelle et spirituelle que par sa sainteté proprement dite. Un peu comme Shakespeare ou La Fontaine. Et c'est la même chose avec les prophètes ou les figures majeures de l'Ancien Testament. Isaïe, Jérémie (je ne raffole franchement pas de ce dernier) me sont moins proches que Noé ou Job. Ces gens-là sont des frères, pas des maîtres. Job, sur son fumier, en a marre de Dieu, il est aussi vivant, direct, qu'un personnage de bande dessinée ; il dit qu'il ne veut pas être pris pour le dernier des crétins, sa foi passe par des hauts et des bas, par des fluctuations humaines dans lesquelles je me retrouve spontanément. J'oserais presque dire que ma mère « parlait comme Job ». Autant le doute ne m'est pas – ou plus – familier, autant je m'interroge quelquefois, comme Job, sur la manière dont Dieu intervient dans le monde, sur la manière qu'il a de respecter ma liberté au point qu'il tolère tant de difficultés et de malheurs pour moi-même et pour les autres. Je sais bien que saint Thomas d'Aquin ou saint Augustin ont écrit, là-dessus, des textes pénétrants. Mais je ne suis pas une khâgneuse dans l'Eglise quoique je le sois dans l'Université.

Au fond, j'ai une préférence pour la parole, pour les hommes de parole, ceux dont le verbe immédiat trahit à la fois l'émotion, l'incertitude et la vérité. Et plus encore pour ce qu'on appelle le folklore – au sens très exact et profond du terme : la production et la reconnaissance de croyances, de rites, de contes, de fêtes. Lorsque je me suis éclaté le genou accidentellement, j'ai fatalement eu une pensée vers saint Roch, qui est toujours représenté en compagnie d'un chien et le genou à l'air (un genou sur lequel on devine les premiers signes de la peste : son chien l'a guéri en le léchant)… Je comprends sans peine que Martin Luther ou Calvin aient rejeté tout ce fatras, eux qui aspiraient à plus de rigueur et de pureté en une saison où l'Eglise trafiquait les indulgences. Je les entends et les respecte. Il n'empêche : ce fatras m'est précieux, il aide ma foi à emprunter des sentiers familiers, humains, certainement trop humains. Mais il ne s'agit pas ici de doctrine, il ne s'agit pas de profiter de ces médiations pour fabriquer de l'intolérance, il ne s'agit pas de considérer l'excellent saint Christophe comme Dieu lui-même, et de couper en morceaux, le jour de saint Barthélemy, ceux qui n'adorent pas saint Christophe. Les protestants sont des chrétiens qui se propulsent directement au sommet. Les catholiques sont des chrétiens qui empruntent toutes sortes d'itinéraires approximatifs, de raccourcis discutables. Ce n'est pas grave. Que je prie ou non sainte Véronique altère peu l'économie du Salut.

Ce qui m'importe, c'est de penser que la communion des saints est une perspective pittoresque et joyeuse. Je suis « sainte », moi aussi, non que mes vertus soient remarquables, mais dans la mesure où je suis appelée à prendre ma place auprès de Dieu. Ma « sainteté », c'est ce que l'Eglise affirme le 2 novembre, jour de la fête des trépassés : je suis conviée au plus heureux des rassemblements. Et si ma sainteté n'est pas trop présentable, j'espère que la grâce de Dieu y pourvoira, je crois que ses rayons seront assez forts pour dissiper ce que j'ai d'opaque et de froid. Je me répète souvent la phrase de Vincent de Paul, qui a dit, quelques minutes avant de mourir : « Et maintenant, il serait temps d'essayer de sauver sa vie... » Voilà un homme qui s'était consacré aux pauvres, aux enfants ; mais il était persuadé, à cinq minutes du terme, que tout restait à faire. Voilà un « saint » homme.

Devenir « saint », nous dit l'Evangile, c'est avoir accès au « royaume ». Etrange terminologie pour la farouche républicaine que je suis. Que signifie donc ce « royaume » qui nous est promis avec les mots d'un autre temps et d'une autre culture ? Nous savons qu'il sera plus difficile à un « riche » (ce n'est pas seulement affaire de compte en banque) d'y pénétrer qu'à « un chameau de passer par le chas d'une aiguille [1] ». Nous savons qu'il est comparable à une vigne [2]. Nous savons

1. L'expression figure dans l'Evangile selon saint Matthieu.
2. *Ibid.*

qu'il est ouvert à tous, ce qui contredit la parabole du chameau. Bref, nous savons et nous ne savons pas.

Ce que je sais ou crois savoir, c'est que mon salut ne sera pas le résultat d'une comptabilité, d'additions et de soustractions. Le nombre de prières que j'ai égrenées importe peu pour le destin de mon âme singulière, il est absurde de raisonner en « colonne plus » et en « colonne moins », de concevoir l'entrée dans le royaume comme l'aboutissement d'un téléthon – à partir de tel chiffre, l'objectif est atteint. Je suis convaincue que l'idée de mérite est parfaitement étrangère à celle de salut ; qu'elle n'a rien à voir, non plus, avec ce que j'ai à me reprocher moralement ou ce dont je puis, sur ce terrain, me targuer à l'occasion.

La bonne action qui vous saute à la figure, « la vertu qui crève d'indigestion », selon la formule de Gustave Thibon, la récompense ou la punition ne sont pas de cet ordre-là. Certaines lectures (celle de Jean Sulivan, en particulier) et maintes observations m'ont persuadée que diverses « charités » sont gâchées de petits calculs sordides et que des actes pendables ne sont pas exempts de grandeur, voire de splendeur. Une phrase, une citation peut-être, me revient en mémoire : « Ne juge pas celui dont tu n'as pas porté les souliers pendant quinze jours… » J'ignore ce qui est pur et ce qui est ostentatoire, je ne suis là ni pour peser, ni pour mesurer, ni pour édifier. Et quand l'Eglise se mêle de peser, de mesurer, d'édifier, non seulement je suis indignée mais j'ai envie de militer, de militer contre cette outrance, cette confusion. L'Evangile ne cesse de répéter qu'il ne faut pas se fier aux apparences, qu'il est imprudent et injuste de jeter la pierre à la femme adultère. L'Eglise effraie ou révolte quantité de gens en oubliant cette prudence évangélique, en jetant la pierre à gauche et à droite. C'est impardonnable.

La promesse qui m'a été transmise n'est pas de cette veine. Elle annonce que la fin de la vie matérielle n'est pas une fin. Le corps inerte que je vois, le corps d'un être que j'aimais n'est qu'une enveloppe ; je suis déchirée d'être séparée de cet être, j'ai horreur de penser que son enveloppe va pourrir dans la terre. Mais déjà, au moment où je vois et déplore, une transfiguration est à l'œuvre qui dépasse tout ce que je peux imaginer, toutes les élucubrations dont ma tête est emplie. Ma foi me promet un « corps glorieux [1] » dont je n'ai aucune idée, sinon qu'il sera libéré de la souffrance, qu'il ne peut être envisagé qu'avec des mots tels que « lumière », « absence de temps », « absence de finitude ». Je ne sais rien de plus, sinon que cette promesse m'est personnellement adressée : je ne serai pas un chat – même un chat fort heureux –, je serai une personne membre d'une communauté (encore que le concept, notamment dans son acception anglo-saxonne, soit fort ambigu), je m'agrégerai à Dieu dans la joie, par l'entremise de ce Christ qui est venu pour moi et pour les autres.

J'ai coutume de dire autour de moi que, maintenant

1. Le terme, qui n'est pas biblique, désigne le corps humain qui n'appartient plus au monde terrestre.

que je suis à la retraite, je vais pouvoir m'occuper de mon salut. C'est une boutade, mais pas uniquement. Je puis enfin me situer explicitement comme catholique pratiquante – chose que je m'étais interdite, de bon cœur, tout au long de ma vie professionnelle. Un temps de mon existence est consommé, un contrat est échu. Je n'ai pas l'impression de m'être damnée au fil de ces années où j'ai observé la réserve laïque qui s'imposait. Mais il ne m'est pas désagréable non plus d'avoir à présent la liberté de me consacrer à la vie spirituelle, à « l'avènement du royaume », un royaume qui n'est pas de ce monde.

Il n'y a, dans cette option, aucune contrition, aucun désir d'expier. Je sais que la nonne contrainte ou martyre est une inépuisable source littéraire. Mais je ne suis ni nonne ni contrainte. Au demeurant, les moniales que je fréquente ne me paraissent pas avoir plus que moi la vocation du martyre, et je leur envie parfois cette liberté qu'elles ont de fréquenter assidûment, sans autre obligation, les lieux de prière. Elles nous tirent vers l'essentiel, vers la lumière, la paix, l'harmonie. C'est une douce folie que la leur, et c'est aussi un luxe fou que d'être dégagé des contingences ordinaires. Je ne vais pas les rejoindre, mais je ne vais pas non plus les perdre de vue.

Je ne vais pas prier plus au sens où je m'agenouillerais plus que par le passé (je ne crois pas au « plus » de prière, au sens où telle lessive lave plus blanc). Je vais essayer de prier plus, au sens où je laisserai mieux – j'espère – le souffle divin me balayer. Je ne vais pas prier pour Untel, pour ceci ou pour cela. S'il entre fatalement une part d'appel dans le mouvement même de se tourner vers Dieu, surtout dans des circonstances douloureuses ou dans l'impatience, je ne crois pas qu'il y ait lieu de prier pour qu'un ami ait une augmentation de salaire ou rencontre la femme de sa vie. Je n'ai pas à définir ce qui est bon pour mon ami. Et je n'ai pas à dicter à Dieu le bien qu'il pourrait faire. Pour comble, je serais tentée de me trouver merveilleusement charitable… L'« union de prière » est une expression que j'accepterai. Mais je ne dirai jamais à quelqu'un que je prierai pour lui, même si je ne doute pas que la prière de ceux qui prient lui est forcément secourable. Je dirai que je penserai à lui, éventuellement en priant.

Lorsque j'étais proviseur, j'ai aimé commander, j'ai exercé le pouvoir. Le « nœud » de ma prière est contre nature : « Que ta volonté soit faite ! » et « l'acte d'abandon » sont des prières révolutionnaires dans ma vie de chef. « Faites de moi ce qu'il vous plaira, ne me laissant que la consolation de vous obéir », c'est une sacrée conversion. L'avènement du Royaume en moi, ce n'est pas demain la veille !

Chaque matin (j'ai beaucoup de mal à prier le matin, je me jetterais plutôt sur le journal ou sur la radio), je me répète ce qu'écrivait Lacordaire : « La seule chose dont je suis sûr, c'est qu'aujourd'hui la Grâce s'est levée avant moi… »

7

Le paradis pour tous

J'ai souvent invoqué l'art et la figuration populaires à l'appui de ma foi. Eh bien, je vais me contredire ! Je ne crois pas du tout que les images de l'enfer ou du purgatoire qui nous sont proposées sur les vitraux ou aux murs de nos églises soient une bonne introduction à l'idée du Salut. Elles sont assez cocasses, ces petites âmes qui se tortillent sur les braseros de Satan, ou celles que des démons grimaçants gratouillent et chatouillent au purgatoire. Mais, pour le coup, l'approximation me paraît trop grossière. Ces pécheurs qui mijotent, qui ont chaud aux fesses pour prix de leurs errements, me semblent plus proches d'une fantasmagorie shakespearienne que de la foi catholique. Même Dante, même Claudel (dont je ne conteste certes pas le génie littéraire), et même le catéchisme de mon enfance, n'alignent, là-dessus, que des mots dérisoires.

J'admets, avec espérance, que ma dépouille terrestre subira, sans doute après une phase de douleur, une transmutation dont je n'ai pas d'image. J'admets, à la rigueur, la perspective d'un « purgatoire », au sens ou j'aurai probablement besoin d'un nettoyage, d'un décrassage entre ici et là-bas. J'admets, surtout, que l'enfer est une figure de la liberté, la liberté octroyée par Dieu de lui dire non, de lui désobéir, de le nier, de se prendre pour Dieu, de déserter le jardin d'Eden ou de croquer toutes les pommes de la Création. Reste que les signes, les truchements dont nous nous servons ressemblent à l'allégorie du Printemps selon Botticelli : nous sommes en pleine poésie, une poésie gaie ou sinistre, douce ou menaçante, une rêverie des hommes dans leur nuit d'hommes.

Pour parler franchement, l'enfer, si j'ose dire, me laisse froide. Je gage que des comptes, sous une forme ou une autre, me seront demandés, qu'un bilan sera dressé, peut-être avec une certaine fermeté. Mais j'ai la même certitude que ma mère : le Seigneur ne nous abandonne pas, le Dieu de bonté ne permettra pas que quiconque rôtisse dans les siècles des siècles. L'enfer n'est qu'une manière d'énoncer que j'ai la possibilité de narguer Dieu, de lui refuser d'exister dans ma vie, de récuser l'harmonie qui m'est promise, d'y faire entendre ma discordance, quitte à en souffrir, à m'exclure de quelque chose d'infini.

Lorsque ma mère est morte, la religieuse qui était chef du service dans la maison de retraite où elle avait séjourné pendant sept ans m'a certifié qu'elle était *illico* rendue au paradis. Car, me disait cette excellente observatrice, si saint Pierre avait temporisé ou émis quelques réserves, ma mère l'aurait bousculé sans façon, protestant qu'elle était séparée de son mari depuis fort longtemps, qu'on l'attendait, et qu'elle n'avait pas l'intention de poireauter indéfiniment à la porte. Je souscris, une fois de plus, à ce bon sens dont le socle est une vraie question de confiance. Dieu nous autorise à ne point avoir confiance en lui, raison de plus pour ne pas la lui ménager.

Les lecteurs avertis auront compris que, malgré mon choix des études littéraires, je ne suis nullement pascalienne. S'agissant de prédestination, je me sens surtout prédestinée au Salut, à la joie. « Le Seigneur fit pour moi des merveilles », dit Marie qui, pourtant, n'a pas devant elle un chemin jonché de roses. Le *Magnificat* est le plus accompli des chants humains.

Les dragons sont faits pour être terrassés, la psychanalyse vient opportunément déjouer et combattre des peur ou des névroses dont les religieux ont usé et abusé : la quête angoissée d'une pureté dangereuse, la chasse aux « mauvaises pensées », l'obsession effrayée et effrayante du sexuel. Je ne vois, là-dedans, rien de fondamentalement théologique. Je vois un problème de pouvoir toujours renaissant – j'ai d'ailleurs perçu, dans mon métier d'éducatrice, ces mêmes risques de dérive, ces formes plus ou moins adoucies d'inquisition, ce chantage à la punition, cette tentation de mobiliser une imagination morbide qui trouble et fascine les enfants.

Ce n'est pas propre à l'Eglise. C'est si facile d'intimider et de terroriser des gens qui vous croient, parce qu'ils sont jeunes, ou illettrés, ou tourmentés. Le savoir-faire de ces prêcheurs de « missions » qui s'en allaient, notamment à la fin du siècle dernier et au début de ce siècle, répandre l'épouvante dans les campagnes insoumises, me répugne profondément. D'autant que les séminaristes, en ce temps-là, n'avaient guère accès au texte. Une ration d'Evangile bien compris leur aurait décapé la cervelle. Mais l'étude critique n'était au programme ni chez les clercs ni chez les fidèles.

Je ne sais pas, exactement, pourquoi j'ai échappé à cette aliénation religieuse, pourquoi j'ai été, très jeune, capable de décrocher en pensant, devant un abbé qui multipliait les effets de manches : « Maintenant, ça suffit, je ne marche plus, cause toujours, c'est pour toi que tu causes, pour ton propre profit ! » Peut-être est-ce un héritage de mon père. L'excommunication de son oncle, coupable d'avoir racheté des biens du clergé, ne l'avait pas troublé outre mesure. Il ne s'inquiétait pas pour l'âme de son oncle, il s'indignait contre ce qu'il jugeait être un abus de pouvoir et un chantage scandaleux. Comme quoi on a toujours besoin d'un anticlérical dans la famille… Quant à ma mère, elle était la liberté même. Et mon grand-père n'était pas triste non plus. Lorsque son médecin lui disait, en refaisant les affreux pansements des ulcères variqueux de sa jambe : « Vous voyez, père Florian, comme le Bon Dieu vous aime… », il répondait, du tac au tac : « Puisque vous êtes bien avec lui, et que vous savez à quel point il m'aime, dites-lui donc de m'oublier un peu, ça ne me vexera pas. »

« Craindre » Dieu, selon l'acception biblique, n'est pas avoir peur de Dieu. De la même manière, réciter « Que ta volonté soit faite » n'est pas céder au masochisme. Si je souffre d'un cancer du poumon et que je prononce les mots « Que ta volonté soit faite », je ne signifie pas qu'il m'est indifférent de guérir ni que le cancer est un don du Ciel : je fais acte d'abandon, je proclame que la volonté de Dieu est plus ample que la mienne, j'affirme qu'une lumière subsiste au-delà de l'épreuve. Mais je ne me complais pas dans la douleur pour « mériter » mon paradis. Pas plus que je ne juge la douleur « réparatrice » (c'est la liberté qui l'est), je ne juge le plaisir suspect ou damnateur. La douleur peut être ambiguë, et le plaisir aussi. Mais j'avoue que, parmi les cadeaux divins, j'aurais plutôt un faible pour le second. Quelle jubilation et quel sentiment de fraternité j'ai senti monter en moi le jour où j'ai entendu Jean-François Deniau dire à la radio, avec force et naturel, que « les épreuves ne sauraient nous tenir lieu de vertus » !

Pourquoi serait-il interdit d'user de son libre arbitre ? Le Bon Pasteur ne manifeste pas une passion folle pour les moutons sans histoire. Et Jésus, au scandale des formalistes, souligne que « le sabbat est fait pour l'homme, mais non point l'homme pour le sabbat ». Prenons un exemple concret. La liturgie catholique, actuellement, stipule que pendant la messe on doit échanger un « baiser de paix » avec son voisin. Moi, le « baiser de paix », cela me convient tout à fait. Le voisin, par contre, il n'est pas sûr qu'il me convienne. Il peut m'arriver de côtoyer à la messe quelqu'un à qui je n'ai aucune envie de déclarer : « La paix soit avec toi ! » Alors je ruse, je me débrouille, je me faufile, j'essaie de choisir un voisin adéquat. Et si je n'y parviens pas, je repasse dans ma tête la belle phrase d'un moine cistercien : « A mon frère à qui je ne peux sincèrement donner la paix, Seigneur, donne-la, puisque dans ma finitude et mon imperfection j'en suis incapable… »

Intellectuellement, ce n'est sans doute pas complètement satisfaisant. Mais, si j'atteins le bout de mes forces, je ne conçois pas d'autre solution que d'appeler Dieu à la rescousse et de lui demander de prendre le relais. J'avoue que l'épreuve n'est pas une spécialité dont je raffole. Quand elle survient, j'essaie d'en tirer le meilleur parti. Mais je me garderai de plastronner en la matière, et plus encore de claironner que l'épreuve est « salutaire ». Encaisser l'épreuve, soit. L'aimer, sans façon. Beaucoup de tentations m'assaillent, mais sûrement pas celle de me complaire dans le stoïcisme.

Un des pires discours qu'il m'ait été donné d'entendre est celui qui est quelquefois tenu après la mort d'un enfant. Aux parents, des âmes pieuses n'hésitent pas à raconter que Dieu a ravi cet enfant dans son innocence, qu'il s'est choisi la victime la plus pure, qu'il faudrait quasiment l'en remercier. Moi, je note que ces parents n'ont pas offert leur enfant, qu'il leur a été pris. Et que les auteurs de ce discours pervers fleurent la secte et requièrent, au plus vite, un psychiatre. Récupérer la souffrance d'autrui et l'interpréter comme signe divin, il faut de l'estomac pour se lancer dans ce genre d'exercice. Et je comprends qu'un langage aussi délirant écarte de l'Eglise et de la religion des gens raisonnables, des gens qui étaient en recherche, qui s'interrogeaient, mais qui choisissent de s'éloigner.

Je les comprends, voire les approuve, sans les imiter. Il faut avoir la foi rivée à chaque cellule pour résister à des choses pareilles – sans compter l'invraisemblable orgueil qui consiste à s'approprier les pensées supposées de Dieu, ou à convertir d'une pichenette l'absolu malheur en générosité distinctive, pourvu que ce soient le malheur et la générosité d'autrui. Jésus pleure devant le cadavre de Lazare. Quand un centurion le presse de sauver sa fille malade, il hâte le pas. Jésus n'est pas morbide, il est sainement humain dans son humanité. Sur la croix, il interpelle son Père. Il ne prêche pas l'autoflagellation, la soumission dévote, la perte de l'esprit critique, de la sensibilité, de l'émotion. Il est venu « payer de sa vie », non placer en banque notre souffrance. Il porte à son comble le don, et non point la spéculation.

Il nous demande de nous faire « pauvres en esprit ». Ce qui ne signifie pas qu'on doive se réjouir d'avoir des fins de mois difficiles (auquel cas la sainteté serait, hélas ! la chose du monde la plus commune). « Pauvre en esprit », cela ne veut pas dire qu'il soit défendu de jouir des biens terrestres, mais qu'on gagne à préserver en soi une constante liberté envers les richesses et les contingences matérielles. Rien n'indique, en revanche, que les plus fauchés soient, pour autant, plus près de Dieu, ni qu'il soit répréhensible de montrer quelque habileté en matière de gestion – certains intendants ont même droit à des félicitations, et les « fils de lumière » sont encouragés à n'être pas moins avisés que les « fils des ténèbres ».

L'Eglise a fréquemment tout mélangé, portant, en paroles, les misérables aux nues pendant qu'elle s'adonnait au pire mercantilisme. Je n'en suis pas fière et j'espère que le retour qui s'est quand même effectué vers le texte de l'Evangile limitera la démagogie, l'hypocrisie dont les institutions fortes sont traditionnellement escortées. Le père Congar, l'un des penseurs et des théologiens du concile Vatican II, souhaitait l'émergence d'une Eglise « servante et pauvre ». Il reste pas mal de chemin à parcourir.

Quittons donc l'enfer pavé de bonnes intentions, et parlons du paradis. Je l'ai déjà dit, les « verts pâturages » ne sont point mon style de prédilection, même si j'ai goûté le livre et le film du même nom. Je comprends sans peine que ce soit l'idéal du nomade perdu dans le désert immense. Pour moi, c'est un peu court. Je n'imagine guère le paradis comme une Beauce éternelle, ni comme les collines sauvages d'Ecosse. Dans mon esprit, semblable perspective est aussi loufoque que des petits anges faisant le ménage avec un plumeau et rangeant ensuite soigneusement leurs ailes dans des housses en plastique. C'est trop fruste ou trop civilisé, comme on voudra.

Mon imagerie personnelle serait, du reste, plus auditive que visuelle ; il y aurait, là-dedans, du Fauré et du Brahms. Ce qui ne renvoie pas tant à mes passions de mélomane qu'au traumatisme très vif que j'ai gardé de la guerre, de cette rupture violente et cruelle de l'harmonie. Je supporte mal les couacs, le tintamarre, tout ce qui brise la sérénité du moment. Mon paradis est un lieu de paix. J'y mets le bleu de Chagall, les vierges tendres de Fra Angelico, une sensation de proximité, d'intimité, de fraternité, d'amitié universelle, d'absence de rivalité, de rancune, de jalousie, de combat. Au fond, mon paradis, c'est exactement le contraire de ce que fut ma vie professionnelle au quartier Latin.

Ma mère disait qu'elle se représentait le Ciel comme sa cuisine à l'heure du petit déjeuner (et à l'époque bénie de la retraite) – l'heure où la lumière est douce, où l'on est réuni, où la fatigue du jour ne s'est pas encore abattue, où l'on ne regarde pas sa montre. Le petit déjeuner durait ce qu'il durait, le temps dont mes parents avaient besoin pour dire ce qu'ils avaient à se dire, tranquillement.

Je retrouve une impression analogue, lors des fins de soirée, à la Grâce-Dieu, dans ce trou de vallée franc-comtoise où l'ombre se replie trop vite. J'ai parlé brièvement à la mère abbesse (d'ailleurs, nous nous connaissons de si longue date que les grandes phrases sont inutiles, et puis elle possède l'art de concentrer ce qu'elle a dans la tête, un art probablement lié à la rareté des parloirs). Les bêtes sont rentrées à l'étable ou à l'écurie. Ne restent que les ogives cisterciennes, l'écho des complies, et enfin le tintement très léger d'une petite cloche qui annonce le grand silence et la quiétude du sommeil. Tout est achevé et tout est intense. Oui, je connais, dans ma vie, des saisons de paradis.

En fait, je n'aime pas l'action. Je passe par l'action. J'ai tant reçu qu'il faut bien s'agiter en contrepartie. Le pouvoir, c'est intéressant. L'autorité, c'est amusant. Et ma photo dans *Gala*, ce n'était pas triste... Mais ce que j'ai préféré, dans mon métier, c'étaient ces périodes où l'on est absorbé par ce qui est presque une méditation : le choix d'orientation d'un élève, la confiance que vous accorde un adolescent qui vous apporte son capital d'aptitudes, et vous demande de lire ses lignes de vie, la main qu'il vous tend pour que vous l'aidiez à passer sur l'autre rive. Ce cœur de mon métier de proviseur n'était pas très différent de l'aventure spirituelle. J'avais écrit, dans *La Cause des élèves*, que les lycéens avaient pour moi « le visage du Christ ». Lors des débats qui ont suivi, j'ai été frappée par le nombre de questions qui se référaient à cette phrase. Tout simplement, je voulais dire que certains élèves m'ont amenée à une méditation presque spirituelle, bien que les adolescents soient généralement à mille lieues de cette expérience ou de cette culture ; que leur regard me disait tout le mystère de l'homme et toute la promesse du Salut. J'ai été fascinée par ce qu'il y a d'unique dans un visage humain.

Non, je n'aime pas l'action. J'ai, par exemple, fui la politique lorsque des perches m'ont été tendues. Cela va paraître extrêmement prétentieux, et sûrement blasphématoire, mais je dirai que le pouvoir qui m'intéresse est le pouvoir spirituel. C'est le pouvoir de se lancer dans l'aventure, de considérer ce visage de gosse en train de se transformer, en train de « bien (ou mal) tourner ». C'est le pouvoir de servir de repère, de balise, d'aider un être à prendre un virage au moment où il est tout empêtré de son moi, des comptes qu'il a à régler avec tout et tout le monde. J'ai eu beaucoup de joies, j'ai été témoin de véritables résurrections (je pense à plusieurs élèves anorexiques). Même si l'on n'est pas croyant, il est difficile de nier qu'une espèce d'énergie spirituelle est alors à l'œuvre.

Je n'aime pas l'action mais j'aime la vie – là-dessus, j'ai « de qui tenir », comme on dit. Elle est périssable, elle est bourrée de déceptions et de contrariétés, elle est éventuellement amère, fatigante. A vues humaines, il y aurait de quoi désespérer, la parole a terriblement besoin de silence. Quand on aime la vie, on a besoin d'encore plus d'air, d'encore plus de vie. C'est peut-être cela, le paradis : de l'air, une formidable espérance de retrouvailles.

J'ignore ce que peut signifier une expression telle que « contempler Dieu dans l'éternité ». Honnêtement, je sèche, je m'aperçois que Dieu est lointain, qu'il m'est rendu proche par le Christ, par Marie. Je mesure mon indigence intellectuelle, et, en même temps, je songe que ces questions – Qui est Dieu ? Que sera cette lumière éternelle, ce fameux « royaume » ? – me préoccupent infiniment moins que la mise en pratique de l'Evangile dans mon existence concrète, en compagnie de Jésus. Le reste est un arc-en-ciel de points d'interrogation, une attente « surnaturelle », contre nature : je n'aime pas les points d'interrogation, je n'aime pas le mystère, je n'aime pas les surprises. Si je creusais plus avant le propos, je crois que ma foi me serait vite rationnellement insupportable. Je ne suis pas sûre d'être faite pour croire. Je suis bâtie pour le discours, pour l'analyse, pas pour les sauts dans l'inconnu. Et je suis la première étonnée de désirer cette éternité dont je ne sais rien, d'accepter allègrement de ne pas savoir.

Si j'évoque tant ma mère (le lecteur finira peut-être par me reprocher de céder à l'attendrissement familial), ce n'est pas uniquement parce qu'elle m'est chère. C'est parce que, s'agissant de la foi, s'agissant, en particulier, de ce que cette foi annonce et promet, je me retrouve dans une situation analogue à celle de ma mère : ignorante. J'ai beau avoir franchi quelques barrages universitaires, sur le terrain de la foi, je ne suis, quant au fond, guère plus savante que ma mère. Et même bien moins : elle allait droit à l'essentiel, sans entraves, sans inhibition, avec des fulgurances qui coupaient le souffle. Je ne cultive pas l'inculture, je compte bien tirer parti de ma retraite pour lire, meubler des lacunes, mais je lirai tout autant les vitraux de ma cathédrale et je miserai tout autant sur l'intuition de la vie.

Qu'on m'entende bien : je ne conçois pas la religion comme l'opium du peuple. Elle m'apporte l'espérance, la lucidité, le sens. Elle m'est très utile dans un monde qui paraît fasciné par le néant. Même si ses réponses sont mystérieuses, je ne connais rien qui en fournisse d'autres, aussi puissantes, aussi heureuses. Quand j'allume la radio en m'éveillant, et quand j'écoute la rumeur de cette planète, je loue le Seigneur de m'avoir dotée d'autre chose que de mes seuls instruments intellectuels. Sinon, le désespoir ne serait pas loin.

Mon espérance, fort avant les vertes collines du paradis, est incarnée dans des visages, des voix, des rencontres. Une nuance, ici, est nécessaire : ce que je nomme espérance n'est pas de l'optimisme. Par nature et par atavisme (je pense, en l'occurrence, à mon père), je ne suis pas optimiste. Ni sur la nature humaine, ni sur moi-même. J'ai de l'assurance, mais je ne crois pas que le cours de nos existences aille, de lui-même, vers le progrès et la félicité. J'ai trop constaté, particulièrement dans mon métier, à quel point la solitude, la trahison, la désinvolture et la perfidie sévissent contre les faibles pour miser sur la raison, le progrès, ou quelque spirale dialectique bousculant l'histoire. Je crois que si nous avons un peu progressé, c'est au prix d'énormes sacrifices, tellement énormes que le jugement que je porte sur mes semblables et sur moi-même est d'une grande sévérité. Qui plus est, la fréquentation des intellectuels n'a rien arrangé. Ils détiennent, sans nul doute, beaucoup de science respectable, mais cela ne les rend ni plus heureux ni meilleurs au fil des jours. C'est probablement l'amitié qui me consolerait le mieux. Mais l'optimisme et l'espérance n'ont rien de commun : ce sont deux planètes qui gravitent sur des orbites étrangères.

Le rire, l'humour sont à mes yeux ce qui s'approche le plus, dans les conduites humaines, d'un exercice spirituel. L'humour nous enseigne que mon prochain comme moi-même sommes de pauvres gugusses et que mieux vaut en rire. L'humour partagé n'est pas charitable mais est l'antichambre de la charité. Le plus beau cadeau que je puisse offrir à autrui est peut-être de le faire rire et de lui signifier, par ce rire, que je pratique une certaine hygiène, que je lui livre ce que j'ai de plus intimement dérisoire. Il y a, dans l'humour, l'ébauche de ce que les catholiques appellent une communion, une tentative pour sortir de soi.

Mais l'humour est rarement optimiste. Il est même une manière de partager le fardeau de la colère et du désespoir. Mes petits camarades communistes, qui étaient nombreux et vigoureux à l'époque où je fréquentais une école normale supérieure, considéraient très sincèrement que tous les gars du monde allaient se donner la main. C'était sympathique. L'Histoire, avec une majuscule, nous a enseigné que c'était aussi un jeu dangereux. Et c'était parfaitement dépourvu d'humour. Quand les communistes, ou plutôt les ex-communistes, se sont mis à avoir le sens de l'humour, la chute du mur de Berlin était proche…

Il est vrai que certains grands personnages chrétiens ou catholiques paraissent avaliser le discours roboratif et optimiste du « retroussons nos manches » (au reste, je ne suis évidemment pas opposée à l'idée qu'il faut se battre contre l'injustice ou inventer de nouvelles pratiques sociales : ce sont les lendemains qui chantent dont je me défie). Le plus illustre, en France, est l'abbé Pierre. Quitte à scandaliser mes lecteurs pour qui ce dernier est une sorte de saint officiel, de commandant Cousteau des croyants, je confesse mon allergie personnelle aux apparitions médiatiques du vénérable abbé. Alors qu'Emmaüs fut une superbe idée et une non moins superbe réalisation, il se conduit, à la fin de sa vie, comme un vendeur de vent, comme un homme qui discourt plus qu'il n'agit, qui met les autres au travail et rentre, lui, dans sa cachette. Il fait des « apparitions », non pas au sens spirituel du terme, mais au sens télévisuel, il ressuscite périodiquement, il transforme le culte de sa personne en argument d'autorité, il dit les mêmes sottises que le pape en matière de contraception et d'hygiène sexuelle (les associations de malades du sida l'ont sifflé fort à propos), et dramatise chacune de ses interventions, nous donnant l'impression que c'est la dernière et qu'il s'adresse à nous d'outre-tombe. C'est trop, franchement trop. Ce n'est pas parce qu'on bénit un squatt qu'on cesse d'être un bourgeois lyonnais, ni parce qu'on menace de rendre sa légion d'honneur qu'on n'est pas décoré. Il nie l'image qu'il construit, il la nie tout en continuant de s'en servir. J'aime mieux le style effacé de Mère Térésa, qui parle court et peu sans quitter le terrain.

Bien sûr, je suis d'accord pour loger les sans-abri et nourrir les SDF. Ce qui m'agace chez l'abbé Pierre, ou chez mon ancien aumônier monseigneur Lustiger, c'est leur cléricalisme, c'est l'autorité temporelle dont ils se targuent parce qu'ils sont prêtres. En toute bonne foi, si je puis dire, ils s'autorisent à récupérer l'Evangile, à en extraire un discours politique et social. D'une manière ou d'une autre, ils donnent l'impression qu'ils participent – sur des affaires qui concernent la cité – d'une espèce d'extrapolation de l'infaillibilité pontificale. J'ai lu l'Evangile, donc je suis un peu pape, disent-ils, donc je vous explique comment vous devez, vous, lire l'Evangile et gouverner votre existence. Cette démarche « missionnaire » m'est parfaitement insupportable, cette manière de s'autoproclamer leader du peloton, truchement de Dieu en action, bref, de se prendre pour Moïse aux abords de la mer Rouge, non, ça ne passe pas. Il ne s'agit pas seulement d'un manquement à l'humilité (de ce côté, je plaiderais moi-même coupable). Il s'agit d'une confusion des rôles et des plans. Lorsque j'étais proviseur, je tenais mon autorité du ministre de l'Education nationale, pas de la récitation du chapelet ni de la fréquentation de Marie-Madeleine. Le résultat de ce type de confusion est qu'on pleure de compassion pour les sidéens mais qu'on n'invite pas les jeunes à éviter le sida en se protégeant.

A aucun moment on ne peut prendre le Christ en flagrant délit de discours monolithique sur la frontière entre le Bien et le Mal. A aucun moment Jésus n'édicte le code selon lequel nous serons jugés. Ce qui revient continuellement dans sa bouche, c'est que nous serons jugés sur notre capacité d'aimer. Et aussi sur notre propre vigilance à ne pas juger les autres, à pardonner, à nous réconcilier. Au tamis des dogmes et des doctrines, l'Evangile risque d'être travesti en instrument de savoir et de pouvoir, ce qu'il n'est pas ; en instrument, même, d'entrave à la liberté, ce qui est un contresens ou un détournement.

Je suis pessimiste sur les hommes, et leur attitude ne dissout pas mon pessimisme. Y compris celle de maints hommes d'Eglise. Mon espérance ne provient donc pas de l'attente d'un progrès historique, moins encore de l'instauration d'un ordre moral. Mon espérance est une grâce et une aventure parfaitement mystérieuses. Ce ne sont pas les gens d'autorité qui nous guident le mieux sur ce chemin, ce sont les prophètes, c'est-à-dire des individus que l'esprit traverse. Ce peuvent être des papes, des clercs. Ce peuvent être de simples fidèles qui tâtonnent. Ce peut être Raymond Devos (avec qui je me sens plus en communion qu'avec l'abbé Pierre). Je ne suis sûre que d'une chose : nous nous retrouverons tous au paradis.

8

La charité, s'il vous plaît

Après les flèches impies que j'ai décochées à Jacques Gaillot ou à l'abbé Pierre – qui demeurent, même si je clame un agacement, mes frères dans la foi –, je vais être jugée fort peu charitable. Je n'y couperai pas : il faut bien que je m'explique là-dessus. J'ai parlé de foi, j'ai parlé d'espérance. Me voici condamnée à parler de charité. Ce qui n'est pas si simple. Saint Paul me dit qu'avec toutes les qualités et toutes les vertus de la terre (or nous sommes loin du compte), si je n'ai pas la charité, je ne suis rien. Saint Jean me dit que, si je n'aime pas mon frère comme moi-même, l'amour que je déclare porter à Dieu n'est que mensonge. Pas facile. D'autant que des expressions telles qu'« être charitable » ou « faire la charité » sont complètement piégées.

Je l'avoue carrément : je ne suis pas une femme charitable, je ne suis pas née charitable, je n'ai pas hérité du gène de la charité. Spontanément, je serais plutôt du côté de Judas (c'est peut-être une des raisons pour lesquelles j'éprouve de la sympathie envers ce dernier). Ma mère, jusqu'à la dernière seconde de son existence, a émis des jugements sévères, sinon impitoyables – ce qui ne contredisait pas une vive générosité et un formidable sens de l'accueil. J'ai hérité, dans une version à peine émoussée, de ce goût de la lucidité tranchante. Ce que Shakespeare nomme « le lait de la tendresse humaine » ne m'a pas enivrée : je suis plus voltairienne que franciscaine. J'ai le regard dur, impatient, avec une envie tenace et agressive de fouiller la nature humaine. C'est fort utile pour être proviseur. Pour être un témoin de l'indulgence chrétienne, c'est une autre histoire.

Je ne suis pas encline à la philanthropie. J'ai même tendance, si je laisse parler ma nature profonde, à me replier sur une solitude assez orgueilleuse, ce qui paraît surprenant chez quelqu'un dont le métier induisait, en principe, le contact et la convivialité. Ce n'est pas que je m'abîme dans le contentement de soi, mais ma propre compagnie me suffit et je cultive de manière farouche mon indépendance ; souvent, au terme d'une journée ponctuée de réunions, de conseils de classe, etc., j'étouffais, je suffoquais. Soyons donc honnête : mon prochain, je ne cours pas après lui, et il m'arrive fréquemment d'avoir envie de l'éviter.

Comment me tirer de là ? Peut-être en sortant d'une représentation niaise et purement morale, c'est-à-dire profane, de la charité. Nombre de gens d'Eglise confondent la charité avec une espèce de courtoisie, de bienveillance molle, d'onction, de conformité aux « usages » parfaitement accablante pour autrui.

Jean Sulivan, le prêtre romancier dont je suis si proche, n'hésitait pas à écrire qu'il fallait se méfier des « charitables » notoires, que la part de calcul, chez eux, était pour le moins ambiguë, et que pas mal d'« égoïstes » également notoires étaient vraisemblablement plus près de Dieu. Dans son recueil *Bonheur des rebelles*[1], il évoque « une femme de bien », la « femme à tout faire de la charité ». Tout le pays la considère comme une sainte. Elle donne, elle donne, elle couvre autrui de sa générosité, mais elle garde avec la même énergie. Sulivan qualifie sa charité d'« arme crochue » ; toute l'histoire montre qu'il s'agit là d'un magnifique et terrible instrument de domination. Un prêtre flaire le piège et dit : « Ne tombez pas en Dieu comme dans un vice ! »… Et encore cette formule, qui éveille en moi une totale jubilation : « La charité se confond parfois avec l'extrême fatigue. » Cette charité dégoulinante est un miel qui vous étouffe. Jean et Judas sont constamment en nous, et la ligne de partage est incertaine.

J'avais une femme de ménage, à Mulhouse, qui répétait : « Il ne faut pas siffler, ça fait pleurer la Sainte Vierge ! » Je n'ai jamais cru que mes comportements, tels qu'ils étaient perçus et pesés à vues humaines, pouvaient être perçus et pesés à la même aune s'agissant de la vie spirituelle. Les textes évangéliques sont finalement plus ouverts, plus tolérants sur les comportements humains que ne le sont les discours des gens d'Eglise. Après tout, dans cette mort violente du Christ en croix, je dirai qu'il y a, implicitement, non pas une exhortation

1. Paris, Gallimard, 1960.

à être dur et cruel avec son prochain, mais, implicitement, l'acceptation du fait que l'aventure humaine est déchirée et déchirante, qu'elle enchaîne des combats successifs, et qu'admettre son prochain tel qu'il est, ce n'est pas une partie de plaisir. Je ne voudrais pas faire de peine aux sartriens, mais la fameuse idée que « l'enfer, c'est les autres » ne me semble pas avoir attendu le vingtième siècle et Saint-Germain-des-Prés pour éclore. Il ne faut pas dorer la pilule, il ne faut pas raconter que puisque on aime Dieu on aimera son prochain, que tout se passera tranquillement, qu'il sera facile de déterminer ce qui est bon pour l'autre et ce qui le mènera vers la lumière.

Je suis donc très réservée à l'égard du langage « vertueux ». Pour moi, la première étape de la charité, c'est l'acceptation de l'existence de l'autre. Avant d'afficher la « bonté » comme valeur suprême, il me semble prudent de réfléchir à ce stade primaire de la charité qu'est l'engagement ferme de ne point empiéter sur la singularité et la liberté d'autrui. Donc de penser : « L'amour de Dieu, tu n'en es pas détenteur privilégié, tu n'en es pas propriétaire. Le jugement que tu portes sur ton voisin s'inscrit dans un fonctionnement social, pas dans le mystère divin. Tu n'as aucun droit sur cette existence : son destin, sa rédemption, son salut t'échappent… » Aimer l'autre comme moi-même, c'est d'abord lui accorder un pré carré au moins aussi vaste que le mien – ce qui est, déjà, une aventure.

La tolérance, *stricto sensu*, est le premier degré de la

charité. Bannir tout désir de possession, tout désir de conquête. L'Evangile m'enseigne que je suis vouée à la paix. Il m'enseigne aussi que le chemin qui mène l'autre à la paix est un chemin que j'ignore, que je n'ai ni le droit ni le pouvoir de tracer à sa place. Il n'y a, dans l'Evangile, ni parcours « vertueux » ni parcours « coupable ». Les « bonnes actions » recommandées au catéchisme induisent l'idée qu'on va capitaliser de la générosité : c'est terriblement sommaire, c'est le degré zéro de la charité. La question n'est pas : « Qu'est-ce que je vais inventer pour que Dieu me trouve l'âme proprette et me range dans le camp des élus ? » La question est : « Ma foi et ma joie seront-elles assez grandes pour inonder mon prochain ? »

Ma charité est très flageolante, très discontinue. En un sens, je m'en réjouis : cela éloigne la tentation de poser au petit saint, au plus-que-parfait. Si je sors de l'église Saint-Séverin, après la messe, et qu'un mendiant me sollicite, il est souhaitable que je ne considère le fait de lui donner la pièce ni comme un devoir (sous prétexte que la chose est obligatoire sur la lancée de ma piété publique) ni comme un mérite. Le mendiant a raison de jouer sur cette corde, puisque les hommes d'Eglise n'ont cessé de définir ainsi la charité ; mais il faut que je me garde, moi, de ce que j'appellerai la « tentation de l'obole », il faut que j'interroge ma liberté d'enfant de Dieu, laquelle peut m'inciter à ne rien donner du tout, à n'édifier personne, à restaurer le mendiant dans une dignité qui le dispenserait de ces singeries, et moi-même dans une dignité spirituelle qui me dispenserait des « bonnes actions ».

Ma charité à moi, je considère que c'est dans ma relation aux élèves que je l'ai investie ou manifestée. Justement parce que ces élèves m'échappaient par définition : je n'étais là que pour escorter provisoirement leur évolution, leur liberté, je n'étais pas là pour décider à leur place, je n'étais qu'un truchement, une borne, un butoir, constamment surprise par l'originalité de leur itinéraire. Je me rappelle qu'une mère d'élève, qui avait la langue bien pendue et la tête bien carrée, m'avait dit : « Puisque vous allez à la messe, vous allez le “moraler”, mon gamin ! » Eh bien, non ! Je ne l'ai pas « moralé », son gamin, j'ai essayé de ne « moraler » personne, éprouvant, à l'encontre de cette pente-là, un rejet viscéral, une nausée violente.

A l'époque où je fréquentais les retraites spirituelles du chanoine de Rozières, un orateur franciscain a commenté la parabole du bon samaritain[1] dans des termes qui ne me sont plus jamais sortis de l'esprit. Il expliquait que l'essentiel n'était pas de se poser des questions sur son prochain, mais, préalablement, de s'interroger sur la façon dont on se rendait « prochain » d'autrui. Le bon Samaritain n'est pas seulement « gentil », contrairement à d'autres qui laissent pour mort le blessé gisant au bord de la route. Il est aussi compétent, il entreprend de le

1. L'Evangile selon saint Luc rapporte qu'un homme, blessé sur le bord de la route, est négligé par plusieurs passants (dont un prêtre), jusqu'à ce qu'un Samaritain (personnalité suspecte aux yeux des Juifs de Palestine) s'arrête, modifie le cours de son voyage et prenne en charge le malheureux.

soigner, de lui administrer les secours nécessaires : de ce fait, il s'institue le « prochain » de la victime.

Le prochain est celui devant qui je m'arrête, que je choisis de voir, de regarder. Ce n'est pas parce que quelqu'un est assis près de moi dans le métro qu'il est mon prochain – il pourrait être une pierre si je le considérais comme tel, je pourrais le manquer et ne serais pas coupable pour autant. Le prochain est un être que je rencontre, d'abord, parce que je ne m'inscris pas aux abonnés absents, ensuite et peut-être surtout parce que j'ai quelque chose à lui donner. Le problème n'est pas de déverser sur le prochain qu'on a choisi toute sa besace de générosité ; le problème est de mettre à la disposition d'autrui une compétence (en cela, j'approuve la démarche des compagnons d'Emmaüs). Je dirai qu'aimer, si l'on s'efforce d'être disciple de l'amour du Christ, n'est pas noyer le prochain dans un flot de tendresse, mais acquérir une compétence susceptible de servir.

Une histoire familiale en est la bonne illustration. Mon père venait de franchir le cap de la retraite. Et ma mère, un matin, a découvert une de ses voisines en pleurs : cette femme, commerçante, était enceinte pour la troisième fois. Elle était désespérée parce qu'il lui semblait impossible de conserver son activité avec un gosse de plus. Un café et un magasin de primeurs, c'était un souci permanent, incompatible avec l'attention que requiert un enfant en bas âge. Ma mère, touchée, a immédiatement proposé à la voisine de s'occuper du bébé, puis de l'emmener en promenade quand il aurait grandi. Elle s'est engagée tout de go et est rentrée à la maison débattre de la question avec mon père. Celui-ci lui a reproché de s'être emballée, lui a servi un sermon sur le sens des responsabilités, s'est longuement interrogé sur leur aptitude à prendre en charge un jeune enfant, et a même conclu que si leur protégée (il s'est avéré que c'était une fille) connaissait quelque malheur ou accident par leur faute, il quitterait aussi sec le domicile conjugal. Au terme d'une sérieuse négociation, l'affaire a été conclue, et la dénommée Claude est entrée dans le paysage familial pour ne plus jamais en sortir.

Voilà, dirai-je, une charité bien ordonnée. Le mouvement du cœur spontané a été aussitôt assorti d'une réflexion sur la compétence de celui qui porte secours. Il ne s'agissait pas seulement d'être serviable, il s'agissait d'être apte à remplir une fonction, de se qualifier en conséquence. Le geste ne se résumait ni à un coup d'éclat ni à un élan fusionnel.

Se faire proche de l'autre avec compétence, avec une sorte de service après vente, est à mes yeux le *b-a ba* de la charité – la garantie qu'on ne substitue pas sa propre échelle de valeurs à celle d'autrui. Mais j'irai plus loin. On pense toujours la charité comme un don, une ouverture à l'autre. Il y a plus. Il peut s'opérer un renversement : on met l'autre en état de vous donner quelque chose. La « fine fleur » de la charité est de se faire prochain au point de recevoir de l'autre. Et tout le mystère de la croix est là : le Christ se continue dans notre humanité, il accepte d'avoir maintenant besoin de nous comme co-rédempteurs – voilà ce qui nous délivre d'une conception fadasse : charité égale générosité égale « c'est moi qui donne ».

Mon prochain est celui dont je m'approche, dont je me permets de m'approcher tout en le respectant dans son altérité. Pourquoi m'intéresse-t-il ? Pourquoi me concerne-t-il ? Parce qu'il a une âme, autrement dit parce qu'il n'est pas moi, parce qu'il n'est pas si proche de moi que cela, parce qu'il est autre. En ce qui me concerne, le plus éloigné de moi est certainement celui qui m'attire le plus. Il y a de la route à faire, des choses à comprendre. C'est plus facile et plus excitant d'aimer la différence. J'ajouterai que s'approcher du prochain n'est pas une affaire d'empathie, de sympathie. Cela peut se produire, mais c'est donné par surcroît. Mon prochain est, précisément, celui qui me stimule pour que je le cherche et pour que je le trouve, fût-ce lentement, avec difficulté. Le mot « compassion », qui m'est cher, est fréquemment l'objet d'un contresens, y compris chez les bénéficiaires de cette compassion, qui l'interprètent comme une charité condescendante, un acte de bienveillance méritoire – nous sommes, alors, aux antipodes de l'acception vraie.

Je ne veux pas dire qu'il faille refuser l'effusion, se prémunir contre les appels du cœur. L'Eglise s'engage volontiers dans ce type de mise en garde. A l'entendre, souvent, on finirait par conclure que le cœur est pervers, qu'il ne faut s'approcher que des gens qui vous répugnent – plus l'autre inspirerait l'aversion, plus la démarche serait « charitable ». Je ne suis pas de cet avis, je ne pense pas qu'il faille, là aussi, courir au sacrifice. Mon prochain peut m'être sympathique. Il peut, également, être quelqu'un dont l'approche est simplement intéressante, voire acrobatique. Ce n'est pas de l'ordre de la tendresse. C'est plutôt de l'ordre de l'harmonie. Aimer, dans cette expérience, ne signifie pas tomber amoureux mais reconnaître l'autre comme aimé de Dieu, membre du corps du Christ, tout autant que moi, et même si sa tête me revient modérément. C'est ouvrir un passage vers la communion des saints.

Pourquoi nous raconte-t-on une religion d'où est proscrit le scandale ? Pourquoi nous dépeint-on le baiser donné par le Christ à un lépreux comme la chose la plus naturelle du monde – Jésus étant si bon, si grand, si proche de la parole de Dieu que cela devait lui être facile ? Pourquoi faire de la charité cette espèce de plaine où l'effusion commune vient mollement se répandre ? Les saints ne sont pas des tièdes, ni des myopes, ni des âmes anesthésiées ou racornies. Je gage qu'il n'était pas si ordinaire, ce baiser au lépreux, qu'il ne coulait pas de source avec tant d'aisance. Jésus, d'ailleurs, nous apprend à distinguer entre les mouvements du cœur et le défi spirituel. Il se les accorde, les mouvements du cœur. Il préfère Jean, « le disciple que Jésus aimait », il a un coup de foudre pour cet étrange Zachée qui le guette sur un sycomore, il a une attitude spécifique envers Marie-Madeleine : à vues humaines, c'est vraiment de la partialité, et quasiment de l'arbitraire.

Mais cet homme qui s'accorde des sentiments d'homme est aussi celui qui vit le mystère de l'incarnation jusqu'à donner sa vie pour la totalité des hommes. Son amour est singulier, même s'il est vif et généreux, à l'horizon de notre connaissance ; il est infini à l'horizon de la communion des saints. Entre ces deux horizons prend place le mystère, et je n'aurais guère confiance en quelqu'un qui se poserait d'entrée de jeu comme aimant tout le monde sans réticence ni inclination, et se targuant d'une charité si débordante qu'elle éclabousse l'humanité entière.

Il y a, dans la vie de Jésus, un terrible moment de vérité, un moment où le prochain lui est complètement retiré, où il connaît l'absolue solitude. C'est au jardin des Oliviers ; les disciples dorment comme des souches pendant que leur ami et maître se prépare à mourir. Moi qui jouis d'un sommeil à toute épreuve, je ne jurerais guère que j'aurais été plus vaillante, plus solidaire, plus consciente de la situation. Je crois que j'aurais ronflé comme ces apôtres qui ne percevaient pas que le Christ entrait dans la phase la plus douloureuse de sa passion (pour être complètement sincère, je dirai quand même qu'un zeste d'intuition féminine aurait peut-être été l'ultime antidote contre le lâchage général). Il me semble qu'à ce moment-là, en cet instant extrême, Jésus se déclare résolument « prochain » de l'humanité, qu'il nous prend tous, dans notre finitude et notre imperfection. Il n'est pas de malentendu plus grand entre les hommes et Dieu et il n'est pas de plus grande preuve d'amour de Dieu envers les hommes. Jésus constate qu'il est seul mais ne rejette pas ses compagnons endormis :

j'y puise, pour ce qui me concerne, beaucoup d'espérance.

La phrase de l'Evangile qui prépare le mieux à l'amour du prochain est celle que prononce Jésus devant la femme adultère : « Ne lui jette pas la première pierre ! » Ne juge pas autrui, il sera peut-être sauvé avant toi, ne décide pas s'il est passible d'une sanction, ne rends pas la justice de Dieu sur terre, ne compte pas les talents[1] du voisin, sache que les calculs célestes échappent à nos arguties, que les ouvriers de la onzième heure, les derniers arrivés, sont parfois payés aussi cher que ceux qui triment depuis le matin[2]. En ce sens, l'Evangile n'est pas « moral », ne distribue pas de récompenses proportionnelles aux efforts ou aux mérites quantifiables de chaque individu. Et la charité est d'abord la prise de conscience de cela.

Quand le Christ nous conseille de nous réconcilier avec notre prochain avant d'aller prier à l'église, il ne nous demande pas d'être indifférent aux vilenies dont Untel s'est manifestement rendu coupable. Ce qu'il nous demande, c'est de régler entre nous nos affaires humaines et de ne point préjuger du verdict divin. Cet homme ou cette femme qui suscitent en moi l'aversion, la réprobation, sont enfants de Dieu et appelés à un sort dont Dieu seul est maître. Etre « charitable » avec autrui

1. Unité de compte. Dans l'Evangile de saint Matthieu, il est dit que chacun reçoit un nombre inégal de « talents » et que ce qui importe n'est pas cette inégalité de dons initiaux, mais la manière dont on les fait fructifier.
2. Allusion à une autre parabole du même évangile.

ne se résume donc pas à être faible, laxiste, « gentil ». Etre « charitable », c'est être mû par un amour vigilant, c'est penser que, si Dieu nous aime, si le Christ est pour nous un modèle, la charité est tout le contraire de la démagogie. Les colères de Jésus, qui se fâche à plusieurs reprises, notamment contre les marchands du temple, sont là pour attester que l'amour du prochain coïncide fréquemment avec une altération de l'ordre établi. Jésus magnifie la liberté d'autrui, mais n'oublie pas d'user de la sienne. La charité n'est pas (seulement) douceur, elle est toujours exigence. Il me *faut* accepter l'idée que ce n'est pas moi qui attribuerai les numéros d'ordre pour entrer dans la maison du Père.

Enfant, je me méfiais déjà des « bonnes actions » patentées, je jugeais l'Evangile, ou ce qu'on m'en rapportait, plus fertile, et je ne voyais guère de différence entre les recommandations du professeur d'instruction civique et celles qui m'étaient adressées au « caté ». Il fallait, en particulier, disposer dans une boîte, une espèce de tirelire, des billets relatant nos dernières « B.A. ». Je pratiquais l'exercice avec une jubilation perverse. J'écrivais, par exemple, que j'avais proposé à une dame de lui porter son sac pendant qu'elle traversait la rue, mais que cette dame était sourde et, s'étant méprise sur mes excellentes intentions, m'avait chassée à coups de canne. Et je concluais que je m'étais juré de ne plus faire de « B.A. ». Au fond, je n'ai pas changé d'avis sur la question.

J'insiste sur cette partie sourde, souterraine, de la charité. Plutôt que d'arborer mes diplômes ès charités, mes belles et bonnes actions, je suis surtout préoccupée par les négations que la charité induit. Etre charitable, c'est probablement faire certaines choses, mais c'est, très certainement, ne pas en faire beaucoup d'autres. La charité est directement liée au pardon – je parle du sacrement, et non d'une sorte d'indulgence élastique. Elle admet que, quelles que soient les rigueurs et les cohérences de la morale laïque – j'y reviendrai –, la Grâce est infinie, indéfiniment offerte.

L'absolution, geste charitable par excellence, ne consiste pas à nier le péché, à l'oublier, à l'escamoter, mais à le « remettre ». Moi, je ne suis pas très portée au pardon, j'ai une mémoire redoutable et des réserves de rancune impressionnantes. Mais je sais qu'un torrent de Grâce est capable de balayer tout ce fatras, transcendant ma colère et mon jugement. Dieu, et Dieu seul, retrouvera les siens. Il me faut un effort pour admettre que tel salaud (je me réfère, de nouveau, à Jean-Paul Sartre) est autant que moi, voire plus que moi, promis à la vie éternelle ; j'en éprouve quelquefois une espèce de révolte, de répugnance, j'ai envie de protester comme protesterait logiquement l'ouvrier qui a travaillé au soleil et découvre que son collègue qui a nettement moins transpiré touche, finalement, le même salaire.

Humainement, ce raisonnement protestataire me paraît légitime et logique. Mais c'est là que la vertu crève d'indigestion. J'ai peine à tolérer qu'il ne m'appartient pas, en dernière instance, de faucher la mauvaise herbe, d'éradiquer l'ivraie. La charité consiste, justement, à se situer au-delà, à effectuer un saut dans l'inconnu, un saut dans l'absurde, à faire confiance à Dieu. Cette démarche m'est d'autant plus difficile que mon métier de proviseur me plaçait en position de pouvoir et d'arbitrage (position que j'avais intensément voulue et revendiquée : ce n'est pas un hasard si j'ai quitté la condition enseignante proprement dite). En clair, je dirai que la charité à laquelle je suis appelée ne m'est foncièrement pas naturelle : elle me hérisse le poil, elle bouscule et mon tempérament et ma compétence, elle n'est pas, chez moi, un mouvement du cœur. La fraternité que j'expérimente et revendique est une fraternité « dans le Christ ». Avec mon « frère » voisin de palier, c'est une autre paire de manches.

Quand Jésus chasse les marchands du temple, quand il annonce qu'il sera plus difficile à un riche de pénétrer au royaume des cieux qu'à un chameau de passer par le chas d'une aiguille, je crois qu'on y voit trop une condamnation. Ma lecture est plus souple, plus nuancée : je pense que le Christ invite les pécheurs à un retournement, à une conversion (dans l'acception étymologique de ce mot).

Je ne parviens pas à considérer que le Dieu d'amour pratique l'anathème. C'est trop facile, à mon sens, de confondre les « pauvres en esprit » et les SDF, de soutenir à l'emporte-pièce (comme le fait, par exemple, Bossuet) que les démunis sont par essence les premiers rendus au paradis. Il y a là une sorte de récupération politique et sociale. La parole du Christ, me semble-t-il, n'est pas un appel à dresser des barricades mais à opérer une révolution en soi-même. Je ne suis pas sûre, au demeurant, que la « richesse » dont il est question soit (uniquement) affaire de compte en banque : il s'agit plutôt de possession et de la difficulté que chacun éprouve pour se mettre nu, pour se détacher. Les « pauvres » auxquels s'adresse Jésus ne sont pas forcément pauvres du portefeuille. Son discours concerne les milliardaires, mais aussi quiconque tient à son petit territoire. Un certain manichéisme populiste est fort ambigu : moi qui n'ai jamais eu d'argent (mais qui ne déteste pas en gagner), je gage qu'il n'est pas forcément enviable d'être héritier. Nous avons tous un fardeau à poser. Nous sommes tous « possédés » par quelque chose dont nous devons apprendre à nous libérer, ou à être capables de le faire.

Le lecteur aura compris que l'édification n'est guère ma tasse de thé. Je n'ai pas grandi – Dieu merci ! – dans un environnement lénifiant. Et personne ne m'a jamais dit qu'en agissant de telle ou telle manière j'allais faire pleurer le Bon Dieu. On ne m'a jamais suggéré non plus d'être gentille pour l'amour du Ciel. En fait, dès mon plus jeune âge, mes parents m'ont enseigné une leçon capitale : la religion et la morale sont deux domaines très distincts ; être religieux ne rend ni bon ni moral, et, inversement, être sans religion n'éloigne en rien de la morale et de la bonté.

9

Affaire de mœurs

Si ma mère a été mon premier guide spirituel, mon père a fondé mon sens moral, en solide républicain pour qui la séparation de l'Eglise et de l'Etat était une conquête. Ce partage des rôles fut une bénédiction et, volontairement ou non, une excellente préparation théologique. J'ajouterai à cela mes nombreux séjours en Angleterre. Les Britanniques sont des gens très « moraux » sur le plan du civisme, de la vie collective. Et je suis parvenue à la conclusion que ce que l'on appelle le « comportement moral » est un critère d'intégration dans la société. Premièrement, en tant que citoyen, prié de respecter des règles et de contribuer à leur respect ; prié, aussi, de participer au débat – puisque nous avons la chance de vivre en démocratie – sur l'amélioration et l'observance de ces règles. Deuxièmement, en tant qu'acteur social : fille de cheminot, j'ai le service public dans le sang, je suis « fonctionnaire » jusqu'au bout des ongles, acceptant de bon gré un réseau de contraintes professionnelles, l'astreinte à un service d'Etat.

Mon métier m'a passionnée, jusque dans ses servitudes. Parfois même, son enjeu social, le service de l'Etat et ma vie spirituelle se sont entremêlés. Mais de façon ténue, par coïncidence. Cette joie m'a été octroyée à l'improviste, au détour de mon existence profane. Reste que le sens du prochain, dans l'acception évangélique de cette expression, n'a pas été le guide de mon comportement moral, de mon comportement professionnel. Je ne crois pas que soit écrit, quelque part, un Grand Livre du Bien et du Mal. Pour l'essentiel, dans mon travail de proviseur, j'ai eu pour boussole ma morale laïque.

Il ne me semble pas que le fait de commettre un mensonge me prive du Salut éternel. Mais un proviseur qui ment, un voisin de palier qui ment, à l'occasion un contribuable qui ment, cela ne facilite guère la vie sociale. J'espère que Dieu pardonnera aux voleurs (Jésus, d'ailleurs, ne s'en est pas privé). Mais je comprends qu'un serviteur de l'Etat qui se remplit les poches mérite la prison. Je n'aime pas les petits arrangements, les combines. Je ne pense pas que j'y jouerais mon âme ; je ne suis même pas sûre que je songerais à m'en accuser en confession. C'est vraiment ma vie terrestre, ma vie concrète et quotidienne qui est affectée : je me suis, du reste, toujours fort bien entendue, sur ce plan-là, avec des collègues ou des copains marxistes-léninistes dotés d'une morale à toute épreuve, soucieux de construire une société égalitaire, détestant les passe-droits et les trahisons médiocres. Je retrouve le langage de mon père, et je suis prête à me battre pour qu'aucun porteur de goupillon n'essaie de le récupérer.

Chaque fois que je le tiens, ce langage, chaque fois, par exemple, que je prône le respect de la vérité, quelqu'un observe que pareil discours est certainement lié à ma fréquentation de la sainte messe. Eh bien non, franchement pas. Tant mieux si cette ligne de conduite me met plus en harmonie avec mes frères et aide ma vie spirituelle à mieux s'accorder avec ma vie tout court : il n'empêche que mon comportement social a pour seul et unique fondement une morale garantie laïque.

Cette « laïcité » ne consiste pas à taire, par discrétion, mes attaches religieuses ; il s'agit, clairement, de distinguer les plans : ma vie spirituelle n'induit pas de comportement civique particulier, et réciproquement. La paroissienne de Saint-Séverin et le fonctionnaire de l'Etat français sont des êtres qui cohabitent pacifiquement et qui n'ont nul besoin l'un de l'autre. Si mon inspecteur d'académie me reproche d'avoir filé respirer l'air de Belfort tandis que j'étais de service, il relève une faute et il a raison. Mais cette faute professionnelle me paraît intéresser fort peu la Providence. Peut-être mon Ange gardien s'attristera-t-il des conflits qui s'annoncent. Rien à voir avec ce que les chrétiens nomment un péché : le péché est ce qui me sépare de Dieu, un refus de l'amour de Dieu, un rejet de la Grâce divine.

Je vais essayer d'être plus concrète. Lors de mes dernières années au lycée Fénelon, j'ai été confrontée à plusieurs drames liés au sida. Je me rappelle qu'un soir un garçon est venu me parler parce que le père de sa meilleure amie était mourant. La demande d'accompagnement qui m'était adressée dépassait de mille lieues ma charge de proviseur. J'étais fatiguée, j'avais hâte de remonter à mon appartement, j'avais accepté de donner en urgence un rendez-vous, fort tard, à cet élève. Bref, si j'expédiais les choses au plus vite et décemment, je ne commettais aucune faute, j'étais parfaitement en règle avec ma conscience de proviseur. Mais si je refusais de l'entendre vraiment, si je me dégonflais devant le chagrin et le trouble de ce jeune homme, si je m'installais dans la non-réponse, dans le non-témoignage, alors, sans doute, je n'étais pas loin de ce qui s'appelle un péché. J'ai veillé, d'ailleurs, à lui préciser où étaient les limites de mon obligation et de ma compétence professionnelles, et où commençait un dialogue d'une autre nature – dialogue que j'étais tentée d'esquiver.

C'est exactement cela, un péché « contre l'esprit ». C'est manquer ou refuser l'occasion d'être témoin de sa vie spirituelle, de sa vie intérieure. Dans ce cas précis, rester prisonnier d'une lecture matérialiste, fonctionnelle, de l'événement que rapportait l'élève, se borner à constater que la situation lui interdisait d'être assidu pendant quelque temps, n'était pas admissible. Je ne dis pas que c'était facile, mais cela s'imposait. Et j'aimerais bien que les porte-parole de l'Eglise soient les premiers et non les derniers à éviter la confusion des genres, à mélanger, par exemple, spiritualité et morale sexuelle.

Le proviseur que j'ai été et la paroissienne que je suis aimeraient bien que l'archevêque de Paris – qui a été aumônier des étudiants – facilite un brin la vie des adolescents et des éducateurs en émettant une parole d'Eglise qu'on puisse répéter sans état d'âme. En tant que responsable d'un établissement scolaire, j'avoue n'avoir pas su défendre l'idée que mon cardinal était prêt à soigner les sidéens et l'exprimait avec compassion et délicatesse, mais non point à protéger les jeunes du sida ; j'avoue qu'il me rendait la vie de simple soldat de l'Eglise catholique et romaine malaisée et paradoxale. Un ecclésiastique oratorien[1], à qui j'adressais mes doléances, m'a interrompue : « Blasphémez, madame le proviseur, blasphémez donc ! »... C'était assurément la réponse que j'espérais. Et il est clair qu'en semblable domaine j'ai le blasphème au bord des lèvres – j'ai beau me référer à l'Evangile, ces messieurs qui sont mes frères dans le Christ adoptent un langage dont la cohérence profane ne m'échappe pas, dont la volonté de puissance est transparente, mais qui me scandalise ou m'apparaît un indéchiffrable mélange de ce qui est dû à César et de ce qui est dû à Dieu.

Quand le pape prononce un farouche éloge de la fidélité conjugale, je songe d'abord que ce type de propos ne lui coûte probablement rien, qu'il est placé hors champ par hypothèse, ou qu'il a transcendé tout cela – je n'en sais rien. Je songe ensuite que ce ne serait pas une catastrophe si mes concitoyens, notamment les jeunes, étaient accessibles à un discours qui parle de durée, d'engagement pour le meilleur et pour le pire, de respect

1. L'Oratoire de France, fondé en 1611, se voue à la prédication, aux recherches érudites et à l'enseignement.

de l'autre, de valeur du serment. Mais je me demande, au bout du compte, pourquoi ces hommes-là ont tant besoin de s'immiscer dans la vie privée des gens, pourquoi ils sont tant obsédés par le sexe. Cela ne trouble guère la paix de mon âme. Mais cela trouble ma raison et le sens du partage auquel je suis fort attachée entre le spirituel et le temporel.

Je crois que pendant trop longtemps les hommes d'Eglise ont été à la remorque des pouvoirs civils, des puissances politiques, des appareils coercitifs. Ils jugeaient avantageux pour eux-mêmes et pour l'Eglise dont ils étaient les représentants d'appeler leurs brebis à un conformisme moral, à une étroite imbrication entre l'ordre édicté par le pouvoir temporel et l'ordre édicté par le pouvoir spirituel. Il ne s'agit ici ni d'Esprit saint ni de Tables de la Loi. Il s'agit de prospérité de la boutique. Les brebis se tenaient tranquilles, croissaient et multipliaient, et ce système étroitement verrouillé formait l'assise d'une chrétienté trop homogène pour ne pas être un tantinet suspecte.

Cela dit, l'argument politique n'est pas suffisant. A travers les prêtres – quels qu'ils soient –, l'anthropologie et la psychanalyse nous révèlent que des peurs insondables ont toujours circulé, qui ne sont pas le fruit d'un calcul conscient ou d'une tactique : la peur du sexe, la peur de la femme et le démon incarnant ou véhiculant ces peurs ne sont pas des inventions vaticanes. L'Eglise, d'une certaine manière, « fait comme si » elle décrétait l'ordre, mais l'ordre s'enracine dans l'obscur. Un des mérites du théologien allemand Eugen Drewermann est de risquer une approche de ce phénomène – ce qui lui a malheureusement valu, outre-Rhin, d'être privé de sa chaire et suspendu de prédication. Il est réconfortant de lire, sous la plume d'un théologien, autre chose que des niaiseries concernant la masturbation, le célibat des prêtres, ou les fantasmes de clercs qui se représentent le mariage comme un vert paradis. Toutes ces querelles sur les annulations de mariage, le sort réservé aux divorcés me consternent. Ce cléricalisme masculin me heurte, travestit le message du Christ, si attentif, lui, à la condition féminine.

Un ami me parlait d'un petit garçon de cinq ans qui se réveille un matin en demandant : « Quel âge a Dieu aujourd'hui ? »

C'est une très jolie question. Ce qui est moins joli, c'est que ce gosse est issu de parents qui n'ont pas été autorisés à se marier à l'église parce que le père est divorcé. L'enfant le sait, on le lui a expliqué, il voit que son père est interdit de communion, écarté des grandes fêtes de la communauté chrétienne. Son père lui dit être baptisé, croyant, pratiquant, mais privé d'eucharistie. Dans quelles statistiques n'entre-t-il pas ? Quelle est cette comptabilité invraisemblable ? Est-on chrétien à 9 h 45 et traître à l'Eglise à 10 h 30 ? Est-on chrétien parce qu'on a payé le denier du culte et dissident parce qu'on est divorcé ? Nous nous heurtons, là, à une réglementation qui a les apparences de l'extrême rigueur et qui, dans le fond, cède à des terreurs enfouies, fort peu rationnelles, mal assises du point de vue théorique et spirituel. Le catholicisme fonctionne de manière bizarre, tantôt indulgent et ouvert au pécheur (ce qui me réjouit, évidemment), tantôt inquisiteur, tourmenté et tourmenteur, perturbé à l'idée que l'amour soit enrichi de plaisir, capable de prêcher le pardon comme de dévider des chapelets aux portes des centres d'interruption volontaire de grossesse. Voire d'incendier des cinémas parce qu'un réalisateur a imaginé que Jésus a éprouvé un élan vers Marie-Madeleine.

On attendrait des gens d'Eglise qu'ils aient une attitude plus « charitable », au sens où j'ai essayé de cerner ce mot ; je les entends plus interdire que secourir. Préfèrent-ils les sidéens mourants aux adolescents dont la sexualité est ainsi faite qu'elle requiert prévention et précaution, quitte à se lancer ensuite – mais ensuite seulement – dans une apologie vibrante de la fidélité ? Une très ancienne et noble tradition voulait que l'église fût l'asile des prostituées, des délinquants, des proscrits. Une autre tradition voulait qu'on menât les hérétiques ou les homosexuels au bûcher. Il serait temps que l'Eglise choisisse entre ses pesanteurs et ses grâces. Il serait temps qu'elle sorte du clair-obscur qui la conduit, par exemple, à prendre plus volontiers la défense des sans-abri que celle des victimes du sida : on est là en pleine confusion.

Jean-Paul II est un pape qui condamne avec une étonnante violence, avec une assurance presque déconcertante, avec une intention monolithique qui blesse. Il se donne fréquemment pour inébranlable, on guette en vain un adoucissement. J'ai lu avec attention et intérêt le texte qu'il a consacré à la Vierge Marie. J'y ai trouvé de très beaux passages sur les femmes et j'ai cru y déceler une amorce d'ouverture. Mais non. Ce pape est très à l'aise quand il parle de la mère – de la sienne, en particulier –, mais il n'y ajoute rien concernant la liberté de la femme, rien qui reconnaisse à la femme plus de maîtrise, plus de choix. C'est tellement obsessionnel que je serais disposée, là-dessus, à signer des pétitions, à descendre dans la rue. Je demanderais qu'en l'occurrence ne s'expriment pas uniquement des voix masculines ; que des hommes dont la compréhension des problèmes ne passe ni par l'expérience ni par une quelconque autorité évangélique (l'Evangile, en ce domaine, est fort prodigue) cessent de se comporter en conseillers conjugaux et censeurs des femmes.

L'Evangile, en matière de morale privée, n'est pas un manuel spécialisé et se révèle assez permissif. Il serait sain que les clercs se reportent au texte fondateur et ne le tordent pas pour le contraindre à dire ce qu'il n'a jamais dit. Et qu'on regarde, de près, qui a dit quoi. Je me rappelle qu'au couvent de la Grâce-Dieu la sœur tourière proposait aux visiteurs de parapher un manifeste de l'association « Laissez-les vivre ! ». J'ai objecté qu'elle pouvait fort bien soumettre ce texte au jugement des autres sœurs, mais qu'il était désastreux de le présenter aux gens venus de l'extérieur et de laisser entendre qu'il s'agissait là d'une position propre à l'Eglise ou à la pensée cistercienne.

J'appartiens à une association intitulée « Les compagnons de la nuit », dont le but est de fournir un havre provisoire, une respiration, à ceux qui errent dans la rue et ne savent où s'arrêter. Pedro, le permanent de l'association (qui est également prêtre), a coutume de déclarer, à propos de ce qu'on nomme sans doute improprement la « morale sexuelle » : « Ça se pense d'abord en termes d'hygiène… » Ce n'est pas une boutade. Il considère qu'au préalable la moindre des choses est d'adopter une démarche humble et pratique : inviter ceux qu'il rencontre à prendre conscience des mécanismes de la relation sexuelle, des risques, et de la façon de conjurer ces risques. D'aucuns jugeront le propos simplet. Moi, il me convient. J'y vois une « doctrine » élémentaire, efficace, et respectueuse de l'autonomie d'autrui.

L'abus de pouvoir, le viol par effraction de la liberté de mon prochain ne sont certes pas le propre de la religion. Tout le monde, à certaines époques, s'y est joyeusement adonné. La famille, la municipalité, le gouvernement, l'école s'unissaient dans la répression conjuguée – c'est le cas de le dire. Je n'oublierai jamais les conversations désopilantes que suscitait la promiscuité des dortoirs lorsque j'étais interne en hypokhâgne. Un professeur de philosophie, une femme très convenable et pittoresque qui avait été élevée au couvent des oiseaux de Vesoul, rapportait que, dans cette admirable institution, on apprenait aux pensionnaires à se déshabiller de manière à n'exciter personne, « fût-ce un régiment de Mongols avinés ». Cette histoire de Mongols avinés a fortement pimenté nos séances de strip-tease.

J'ai souvent parlé de cela avec la mère abbesse de la

Grâce-Dieu. Elle déplorait sévèrement l'étrange haine de soi, de son corps, qu'une forme assez masochiste de religiosité avait méticuleusement entretenue : les religieuses devaient se dévêtir dans le noir, s'aplatir les seins, se laver – très parcimonieusement – les yeux fermés ; la prise de conscience de son corps était le début de l'impureté. Mais ce n'est pas seulement affaire de couvents et de règles monastiques désuètes. En 1947, au lycée Fénelon, une élève de terminale a été traduite en conseil de discipline parce qu'elle détenait dans son sac la photographie d'un garçon torse nu, et qu'elle y avait jeté un coup d'œil pendant la composition de version latine. On se méfiait d'elle, on connaissait ses fâcheux penchants. Et l'on n'a pas hésité à fouiller son sac pour vérifier la réalité du crime. A cette époque, la surveillante générale contraignait les garçons à demeurer sur le trottoir de la rue de l'Ecole-de-Médecine : il était interdit de franchir le boulevard Saint-Germain et de pervertir, par la seule proximité d'éléments mâles, l'innocence présumée des demoiselles de Fénelon. C'eût été contraire à la morale bourgeoise, et ce n'était guère différent du couvent des oiseaux de Vesoul, ultime rempart contre les Mongols avinés.

Lorsque j'entends, aujourd'hui, des frères prêcheurs tonner contre la décadence du temps et l'errance des âmes, je leur suggère de se retourner un peu sur leurs pas. D'abord, les sermons d'hier étaient d'une efficacité très relative contre la vérole. Ensuite, je m'interroge sur la nostalgie que nous devrions avoir d'une époque où la liberté de chacun (et notamment de chacune) était fort entravée, et où la confusion entre le spirituel et le temporel était à son comble. Mon métier de proviseur m'a placée aux premières loges pour être témoin des souffrances que provoque l'actuelle désagrégation des familles. Devons-nous, pour autant, opposer à ces souffrances le rétablissement d'un ordre étouffant et ambigu ? Je crains que ce ne soit du pouvoir temporel que mon Eglise est souvent nostalgique…

Nombre de sociologues soutiennent la thèse qu'une Eglise est fatalement, par destination sinon par définition, une machine à enrégimenter. Pour ma part, je me sens liée à la communauté des croyants, j'admets que le dogme est une excellente défense contre l'esprit de secte, je lis l'Evangile, où je découvre Jésus, qui n'est ni un leader politique ni le fondateur d'une morale, et je récuse enfin l'idée que la religion soit l'opium du peuple : dans ma vie, j'atteste qu'elle est tout le contraire. Mais j'estime que les croyants, s'ils doivent accueillir le message spirituel de leurs pasteurs, ont aussi un devoir de vigilance envers le risque permanent de dérapage temporel que comporte toute société humaine.

Sous la Troisième République, Joseph Soleil, chef de bureau au ministère de l'Instruction publique, rédigea un code qui porte son nom, destiné aux instituteurs. Le *Code Soleil* récuse les filles mères, encourage les fonctionnaires à ne faire l'amour que le mercredi et le samedi, veilles de jours chômés [1], et stipule que « la morale ne consiste pas à prendre les précautions qui assurent le

1. Le jeudi était alors jour de relâche dans l'enseignement primaire.

secret aux fautes commises, mais bien à ne pas commettre ces fautes… ». Le *Code Soleil* était distribué comme la Bible aux élèves des écoles normales d'instituteurs. J'aimerais qu'une fois pour toutes le catéchisme et l'Evangile ne soient ni décrits ni utilisés comme un *Code Soleil* qui en est une pauvre parodie. Après tout, la Bible est pleine de chauds lapins !

Une chose m'étonne et quelquefois m'indigne. En matière sexuelle, en matière de vie privée, l'Eglise est catégorique. Mais sur d'autres terrains, le coma dépassé, l'accompagnement des mourants, les dons d'organes, la génétique, l'incinération (qui fut longtemps proscrite), elle se garde de recourir à la guillotine, elle renonce à sa superbe, elle confesse divergences, hésitations, embarras. En revanche, s'il est question d'interruption volontaire de grossesse, elle tranche net, comme si c'était simple. Moi, je conçois fort bien qu'on refuse d'attenter à la vie dès lors qu'on est capable de déterminer l'instant précis où cette vie existe réellement. Sommes-nous, sur ce point, munis de certitude ? Entre le premier signal chimique et l'éclosion d'une personne, le flou semble considérable. Et l'option d'un médecin catholique d'adopter l'hypothèse la plus prudente ne le dispense pas de porter secours à son prochain. Que l'IVG soit une souffrance et une déception, ce ne sont pas les femmes qui diront le contraire. Qu'il soit préférable de procéder autrement, ce ne sont pas elles non plus qui le nieront. Que l'Eglise, enfin, préconise le respect de la vie et des êtres, chacun le comprendra. Mais pourquoi faudrait-il que cette même Eglise dicte les lois de la société civile, et prétende imposer son jugement au jugement de gens qui lui sont étrangers ?

On raille parfois les « prudences » de l'Eglise. Pour ma part, je les encouragerais. C'est le manquement à la prudence, c'est l'espèce de culot qu'il faut pour légiférer à toute force et sans appel qui menace la vraie force de l'Eglise, la force évangélique.

En pleine campagne électorale pour l'élection présidentielle, je découvre à la télévision (où il avait juré de ne plus se montrer) l'abbé Pierre (ressuscité une fois de plus), qui vient expliquer que la légalité issue d'un vote démocratique ne vaut pas tripette, et qui ajoute, pour faire bonne mesure, que Jacques Chirac n'est pas un candidat recevable. Que le citoyen fondateur d'Emmaüs entre en campagne, pourquoi pas (même si je juge présomptueux de traiter la légalité avec désinvolture dans un Etat de droit) ? Mais que l'abbé décerne des brevets d'aptitude aux fonctions présidentielles, cela me dépasse et me révolte, non pas en tant qu'électrice, mais en tant que croyante membre d'une Eglise où le cléricalisme jette équivoque et trouble. C'est tricher, c'est jouer sur plusieurs registres à la fois : à tous les coups l'on gagne, à tous les coups l'on rafle la mise – popularité, charité, sensiblerie, voix du ciel et démonstration spectaculaire mêlées. On ratisse large, et l'on distribue récompenses et sanctions. Dieu le Père n'agirait pas avec autant de foudroyante solennité. Où est donc passé le « Tu ne jugeras pas » de l'Evangile ?

De temps à autre, je me demande, comme le fait peut-être le lecteur, pourquoi je suis si sévère avec un prêtre dont j'admire certaines intuitions, à commencer par l'idée même de la communauté d'Emmaüs. Est-ce le côté « grande gueule », « grande figure », qui me titille ? Est-ce que je suis « jalouse » ? Je ne le pense pas, même si ma conception de la vie spirituelle est étrangère à ce type de manifestation. C'est plutôt le côté clérical, surtout vis-à-vis des jeunes. Ce trucage contredit l'exigence de vérité des jeunes et, tôt ou tard, produit des effets pervers. L'un tire argument d'autorité de ce qu'il est prêtre de Jésus-Christ, l'autre de ce qu'il a l'oreille du pape. Toutes ces démarches disent, en clair ou en pointillé : j'« ai » la foi, je la possède, j'en suis le détenteur homologué, et je suis fondé, au nom de ma certitude, à vous parler avec certitude. Tant d'arrogance me heurte violemment. L'Evangile dit et répète que l'autorité de celui qui se réclame du Seigneur, de celui qui est premier dans l'Eglise, est l'autorité de celui qui se met au service des autres. Point à la ligne. Et dans l'humilité, pas dans le sermon sur la montagne.

En matière politique, je récuse l'idée qu'il puisse exister un parti « chrétien », un candidat « chrétien », un drapeau « chrétien ». Je sais bien que l'héritage de l'histoire nous vaut, en Europe, diverses appellations de ce type. Elles me choquent. Elles ne me choquent par pour le libellé des programmes : elles me choquent pour le principe. En tant que chrétienne m'appliquant à méditer l'Evangile, je ne supporte guère que des hommes politiques, des militants, fussent-ils compétents et sincères, invoquent la grâce divine pour légitimer leur gouvernement. Jeanne d'Arc n'appartient pas à M. Le Pen. Le socialisme n'est pas une annexe de saint Matthieu. Et Philippe de Villiers n'a pas le monopole de l'appellation « catholique et français ». Ces entorses à la laïcité sont aussi des entorses à l'esprit évangélique. On s'aventure, peu ou prou, à construire un Dieu qui vous ressemble plutôt que d'essayer de ressembler à un Dieu amplement mystérieux, inconnu, irréductible à nos joutes terrestres.

J'ai déjà écrit et répété que je ne veux convertir personne, ni les vieux ni les jeunes. Ce n'est donc pas sous cet angle que le propos clérical me tracasse. Je n'y vois pas une faute tactique, mais une faute tout court. Sans vouloir convertir quiconque, je rêverais d'un témoignage de chrétiens qui vivent leur foi plus « en creux » qu'« en bosse », laissant à l'autre la possibilité d'énoncer ce qui est son espérance, sa joie, son mystère, sans prétendre le régenter. Ma carence d'esprit missionnaire est décidément totale. Tant pis. Quand le Saint-Esprit, le jour de la Pentecôte, descend sur les apôtres afin qu'ils s'en aillent « enseigner les nations », c'est vraiment en termes d'« enseignement » que je lis cet événement : faire connaître sa foi (sinon, je n'aurais pas entamé ce livre), mais non point « endoctriner ». Nous évoluons dans un monde où nous devons, maintenant plus qu'autrefois, nous penser comme minoritaires. Ce que j'appelle pompeusement ma « vie intérieure » n'est pas, ou rarement, une nourriture quotidienne pour la génération actuelle.

Je conçois qu'aux premiers temps du christianisme la

petite minorité qui se réclamait de Jésus s'est battue pour s'étendre ou, simplement, perdurer. Je conçois qu'il y ait, en particulier dans le discours de Paul, un aspect « militant ». Mais je le conçois comme une nécessité historique, pas comme une exigence de la foi. Je me sens plus proche de certains fondateurs d'ordres monastiques : ils ont attendu des siècles pour laisser une empreinte, ils ont traversé des déserts, des monastères ont été abandonnés faute de disciples et nul ne les a repeuplés par la violence. Les « vraies » conversions me semblent être de cette nature-là : une contagion, un rayonnement qui sont fruits d'une lumière et d'une transparence, non du clair-obscur et de l'envoûtement. L'important, dans une conversion, est le chemin accompli par celui qui se convertit. Le prosélytisme, lui, est une entreprise humaine, trop humaine. Quand saint Pierre dégaine son épée et coupe l'oreille d'un adversaire, il est aussitôt désavoué par le Christ : il n'agit pas en apôtre. Les coups de gueule et les coups de force s'accompagnent d'autant de lâchetés, de concessions, de facilités. Collectionner des « victoires » dans quelque domaine que ce soit me paraît une entreprise tellement humaine qu'elle en devient dérisoire et cocasse.

J'écoutais, l'autre jour, Bernard Kouchner déclarant à la télévision que les chrétiens étaient d'excellents « mécanos de l'humanitaire ». L'expression est charmante, merci pour eux. Je me demande s'il faut aller en Somalie pour rencontrer des chrétiens… Je me demande, plus encore, si Bernard Kouchner, qui est intelligent et sympathique, réussit à comprendre pourquoi il existe des chrétiens « mécanos de l'humanitaire » d'une part, et des chrétiens fauteurs de guerres de religion d'autre part. J'avoue qu'en ce qui me concerne je ne supporte pas plus cette contradiction que je n'ai de longues arguties théologiques à développer sur l'existence du Mal dans un univers créé par un Dieu de bonté. Je ne trouve qu'une réponse : apprendre à m'aimer moi-même. Lorsque je m'indigne de toute la souffrance dont le monde et l'histoire sont inondés, je songe au peu de paix que j'ai en moi-même. S'accepter soi-même, s'entendre avec soi-même est un préalable à la charité. Peu avant sa mort, ma mère disait : « Allons, il est temps que je m'en aille, parce que ça va mal tourner, ça va devenir gênant pour les autres ! » Il y a, dans ce souci de ne pas « déranger », la même sagesse que celle du philosophe auprès de qui l'empereur de Chine prend conseil pour préserver la paix et qui répond en s'occupant de sa propre paix intérieure. J'aimerais progresser sur cette voie, et j'aimerais que mon Eglise offre le spectacle d'une institution pacifiée avant de faire la morale au genre humain.

Distinguer le Bien et le Mal est infiniment plus subtil que peser le vice et la vertu. L'Eglise – comme maintes autres sociétés humaines – nous a montré, au fil des siècles, qu'on peut allègrement tuer son prochain et se sentir en pleine forme spirituelle. Cela devrait nous inciter à proscrire tout ce qui ressemble à une comptabilité des mérites, à épouser, sur le terrain de la morale, un profil bas. Non que je prône un laxisme tiède : j'imagine aisément que l'on mène, s'agissant de morale, des actions, voire des batailles, énergiques ; ce que je prône, c'est qu'on ne mêle pas Dieu à ces affaires. Le trafic des indulgences n'est pas si démodé que cela, il ne demande qu'à renaître. Je ne crois pas non plus que le fait d'être dépravé aide à s'approcher de Dieu, même si toute une vie, dans l'ordre divin, est capable de se rejouer à chacun de ses instants. Ce qui me paraît important, c'est d'abriter en soi assez de paix et assez de joie pour que mon prochain le perçoive, hors de tout jugement, hors de tout calcul.

Ma morale personnelle est, je l'ai dit, une morale de fonctionnaire, une morale de citoyen. J'ai la conviction qu'un honnête citoyen doit se comporter en citoyen. C'était la grande salutation de mon père aux gamins du quartier : « Bonjour, citoyen ! »

Ma fiche des Renseignements généraux, après mai 1968, indiquait « Républicaine, type Troisième République », ce qui était bien vu et rendait hommage à l'éducation paternelle. Pour le reste, je reprendrai, quoique le propos sonne dans ma bouche avec quelque prétention, la phrase que prononce Jésus, fort jeune : « Je vaque aux affaires de mon Père… » Non que je me prenne pour Jésus. J'essaie seulement de m'inspirer de cette prérogative singulière, de cette voix qui signifie que tout n'est pas réductible à une grille de lecture commune. L'expression « avoir une vie intérieure », qui est un cliché, qui fleure bon la tarte à la crème, résume très exactement ce que j'essaie d'exprimer.

Cette fameuse « vie intérieure », c'est la liberté de vivre d'autre chose, de se nourrir d'autre chose, de savoir qu'il existe autre chose. C'est la possibilité d'éprouver une joie immatérielle, de rester en accord avec les gens qu'on a connus, qu'on a aimés, qui ne sont plus là et qui demeurent présents. C'est une force quotidienne. Vous êtes en train de faire la vaisselle mais quelque chose dilate votre esprit, vous rend perméable à un bonheur dont vous savez pertinemment qu'il n'est pas racontable. C'est un alliage d'harmonie et de liberté. Je ne prétends pas que seuls connaissent une vie intérieure ceux qui sont détenteurs d'une foi, ou ceux qui appartiennent à une Eglise. Pour moi, cela passe par là, voilà tout. D'autres puiseront leur allégresse ailleurs, en regardant les nuages ou dans le vacarme des villes. La « vie intérieure », c'est la conviction très immédiate, non filtrée par le langage ou la raison, que votre lancée ne s'arrête pas à la finitude de votre condition, qu'un souffle est plus fort que le dernier souffle.

C'est pour cette raison que j'aime tant le geste de Marie-Madeleine répandant un parfum coûteux aux pieds du Christ – un geste qui scandalise les convives, un geste « inutile », qu'elle s'autorise parce que c'est sa liberté et parce qu'elle puise dans cette liberté un plaisir pur. On reproche à l'Eglise sa rage d'éradiquer, d'évacuer tout ce qui est désir libre, et l'on n'a pas tort. Les gens d'Eglise (protestants inclus) ont, trop souvent, dépeint l'accès à la vie intérieure comme un renoncement, comme la négation des sens, comme un détachement de soi – on trouve des choses analogues dans le stoïcisme. Je ne suis pas de cette école. Si Dieu a pris la peine de se faire homme, je ne vois pas pourquoi, nous autres humains, ne prendrions pas la peine d'être nous-mêmes, et n'en prendrions pas, non plus, le plaisir et la joie. Prier ne consiste pas à souffrir des rotules : le bonheur du chant me paraît plus « céleste ». Il n'y a pas de plaisir sans liberté, et il n'y a guère, non plus, de liberté sans plaisir. Les récréations des carmélites, qui ressemblent beaucoup aux récréations de l'école primaire, m'inspirent moins que l'allégresse des cisterciens ou des chartreux. Chacun suit son chemin, chacun est plus ou moins enclin à la soumission : moi qui préfère l'obéissance (consentie et critique) à la soumission (imposée et passive), et qui m'aventurerai même à soutenir que religion et soumission ne sauraient aller de pair, je penche pour les itinéraires joyeux, conviviaux, exempts de « dolorisme ». Que saint Paul veuille bien me pardonner, mais, quand il écrit que la femme sera « soumise à son mari », il développe une conception étroite, réductrice, de l'obéissance. C'est du saint Paul, et pas du meilleur ; ce n'est pas la parole de Dieu.

Il faut, naturellement, accepter des contraintes pour développer une liberté plus grande. Il faut se rendre libre d'obéir. Il faut vivre et connaître la dimension tragique de notre condition. Jésus, de ce point de vue, ne fait pas les choses à moitié. Mais il s'autorise à jouer les guérisseurs, à boire du bon vin, à marcher sur les eaux, ce qui ne l'empêche pas, tout au contraire, de remplir sa mission jusqu'à la mort. Nul n'est plus libre, et nul n'est plus obéissant.

L'Ecriture ne cesse de nous mettre en garde contre les « faux prophètes ». Comment distinguer le vrai du faux ? Je dirai que le faux prophète roule pour lui-même, considère que sa parole, d'elle-même, fait autorité. Et je dirai que le vrai prophète clame sa foi, s'affirme, mais sans revendiquer d'autre autorité, d'autre pouvoir, que cette parole qui le traverse. Le vrai et le faux prophète se côtoient, se touchent, et une extrême vigilance est nécessaire pour éviter les quiproquos. Entre le gourou et le saint, c'est comme entre la secte et l'Eglise : attention aux contrefaçons !

10

Une gueule de ressuscité

Les vertus cardinales dûment répertoriées sont la foi, l'espérance et la charité. Qu'on me permette d'y ajouter l'humour. Cela n'a rien d'évident. Rien n'est plus solennel, et fréquemment compassé, qu'une cérémonie religieuse retransmise à la télévision. Il faut se tourner vers l'hagiographie, vers la vie des saints, pour s'apercevoir que l'humour est une dimension profonde de la culture catholique. Les prédicateurs traditionnels alternaient le tragique et la rigolade. Les capucins, notamment, commençaient toujours leur homélie par une histoire drôle. Et, d'une manière générale, les moines et les prêtres réguliers [1] manifestent une bonne humeur dont les séculiers sont plus souvent dépourvus. Je ne sais si la vie communautaire incite aux gaietés de l'escadron, mais le constat me semble indéniable.

Pourquoi l'humour m'importe-t-il ? Parce que j'y vois le contraire du divertissement. Il nous ramène au cœur

1. Dépendant d'un ordre, d'une règle, par contraste avec ceux qui sont à l'extérieur, dans le siècle.

de l'expérience spirituelle : il nous ramène à l'humilité. C'est une excellente introduction au « Tout est vanité » dont on fait, à l'occasion, une lecture fort sinistre. Je peux prendre Dieu au sérieux, Dieu me prend sûrement au sérieux ; mais, fût-ce dans la perspective de la communion des saints et de la vie éternelle, il est inimaginable que le ciron agité que je suis n'ait pas conscience de n'être que poussière qui retournera à la poussière. L'humour aide à vivre sainement cette autodérision, à la convertir en générosité et en charité plutôt qu'en désinvolture.

Il est précieux, il est nécessaire que je pense que « Dieu m'aime » – sinon, tout bascule, tout se dissout. Mais il est non moins précieux de conserver la « bonne distance ». S'aimer soi-même comme on aime son prochain, se proclamer « aimé de Dieu », chercher le Christ en soi, cela risque de conduire à une mégalomanie assez délirante. Pourquoi, dans la foulée, ne pas se déclarer prophète, élu, archange, expédié vers le Ciel de la manière la plus linéaire et la plus directe ? En fait, ma certitude n'est que le sentiment de n'être rien hors de la communion des saints, hors de cette vie à laquelle je suis appelée. La pratique de l'humour est le meilleur paravent, la meilleure précaution. Elle est le passage obligé vers ce qu'on nomme la « liberté des enfants de Dieu ».

Le Créateur ne nous demande pas d'adopter un profil bas, de nous enfouir sous un boisseau. Il nous demande de faire fructifier notre talent. Mais le contrepoint de ce bel esprit d'entreprise est de se savoir un parmi l'infini, de se savoir dépassé dans tous les domaines, y compris celui de l'intelligence. C'est mortifiant mais c'est ainsi : la volonté de Dieu s'accomplit à travers moi, ce n'est pas ma volonté qui s'accomplit – j'avoue qu'accepter cela est ce que j'éprouve de plus difficile dans l'exercice spirituel. Je suis priée de tirer le maximum de ma vie terrestre, de ne point la mépriser ; et je suis également priée de n'oublier jamais que je suis appelée à autre chose. A l'exacte intersection de ces deux commandements, l'humour s'impose.

Il s'agit aussi de charité. L'humour, c'est une manière de ne pas peser sur l'autre, de ne pas lui infliger ou lui imputer la dimension tragique de mon existence, c'est la fine pointe spirituelle de la charité. C'est une hygiène qui me permet d'être porteur d'espérance et non de gémissement. Je crois que le premier péché, le premier manquement à la charité, est ce que Nietzsche appelait « ne pas avoir une gueule de ressuscité ». Si Dieu m'aime, j'en suis heureuse ; si j'en suis heureuse, j'incarne cette joie qui est source de liberté.

L'humour est une espèce de respiration qu'il faut cultiver, comme l'acteur développe sa cage thoracique. Il procure cette légèreté qui est à l'opposé de l'inconsistance, cette liberté de qui n'a rien à craindre. Si je suis tant hérissée par la confusion entre la morale et la religion, c'est parce que la morale est obligatoirement pesante et normative, alors que la religion devrait avoir plus de grâce, d'allégresse. Je ne suis pas un franc-tireur, je ne pousserai pas le paradoxe jusqu'à soutenir que ma liberté d'enfant de Dieu me dispense de morale. Mais je m'insurge dès qu'on remplace le joyeux par l'édifiant. Non seulement l'édifiant est ennuyeux, mais, au regard des fins dernières, il sombre dans le ridicule et mine la morale qu'il prétendait étayer.

Thomas More, qui poussa l'esprit d'à-propos jusqu'à taquiner le bourreau qui devait le décapiter (cela se passe sous Henri VIII, en 1535), nous a laissé une prière que je ne résiste pas au plaisir de citer : « Seigneur, donne-moi une bonne digestion et, naturellement aussi, quelque chose à digérer… Donne-moi une âme qui ne connaisse pas l'ennui, les murmures, les soupirs, les lamentations. Ne permets pas que je me soucie trop de cette chose envahissante qui s'appelle "moi". Donne-moi le don de savoir rire d'une plaisanterie, afin que je sache tirer un peu de joie de la vie et que je puisse en faire part aux autres. Seigneur, donne-moi le sens de l'humour… »

Amen.

Un copain de Jean Sulivan, chaque fois qu'on lui demandait au « caté » quelle avait été la dernière parole du Christ en croix, répondait sans vergogne :

– Je m'en fous, je reviens dans trois jours !

Le propos est peut-être blasphématoire. Mais sa philosophie ne l'est pas. Pour moi, la croix est le signe d'un immense défi, d'une libération totale, d'une preuve d'amour absolue. Après cela, je veux bien qu'on se roule dans la poussière ou qu'on se déguise en pénitent de Séville, on manque l'essentiel. Le « chemin de croix », l'arrêt méditatif devant chacune des stations qu'a connues le Christ, est pour moi une évocation de l'histoire de l'humanité, de l'histoire de ma religion, des imperfections de l'espèce humaine, autant qu'une évocation de mon Dieu – qui s'est incarné, qui a franchi la mort, mais, surtout, qui est ressuscité. Mon Dieu est au-delà du tragique, il est un Dieu de joie.

Relisez l'Evangile. Même les épisodes les plus funèbres ne sont pas « noirs ». La montée au Calvaire est certes un cheminement vers la mort. Mais un cheminement accompagné (contrairement à la nuit dans le jardin des Oliviers). De l'amitié, de la compassion côtoient la haine et le meurtre. Il y a les femmes de Jérusalem, il y a Véronique. Il y a ce Simon de Cyrène, qui n'est pas un grand intellectuel devant l'Eternel mais qui aide efficacement Jésus à porter sa croix. Il y a la rencontre de Jean et de Marie, et ce testament : « Voici ta mère, voici ton fils… » Autrement dit : la vie continue, la vie renaît, à travers la croix passe l'espérance, rien n'est fini, rien n'est fichu. Ce n'est pas le moment de sourire, mais ce n'est pas le moment, non plus, de s'abîmer dans des convulsions hystériques. De la tendresse, de la chaleur sont à l'œuvre.

Une scène que j'aime particulièrement est l'entrée de Jésus à Jérusalem, juché sur une ânesse. Drôle de « roi », drôle de prophète que la foule acclame et salue avec des rameaux. Je ne confonds pas l'Evangile et l'Almanach Vermot, pas plus que je ne confonds la joie et la rigolade. Je voudrais quand même souligner que la parabole est un genre littéraire éminemment humoristique, une figure rhétorique qui a l'élégance d'accorder au lecteur beaucoup de liberté, et qui ne se refuse ni la fantaisie du conteur, ni son ironie. Quand Jésus refuse de condamner la femme adultère et invite ceux qui brandissaient des pierres à faire leur examen de conscience avant de juger, il est dit que les hommes s'en allèrent un par un, « à commencer par les plus vieux »...

Il ne me déplairait pas que les confesseurs, au lieu d'interroger leurs paroissiens sur la fidélité conjugale ou la masturbation, les questionnent de temps à autre sur leurs manquements à l'humour. Combien de fois, chaque jour, me suis-je surprise en flagrant délit de non-humour ? Et plutôt que de reprocher à Jacques Gaillot de s'être compromis dans un journal homosexuel, ce qui n'est contraire à aucun commandement évangélique, loin de là, pourquoi ne lui reproche-t-on pas de s'être drapé dans un énigmatique voile de sérieux ?

C'est bizarre, cette hantise d'assimiler le spirituel au pompeux. Avec l'inévitable corollaire du pompeux : le cucul. Observez, par exemple, le sort infligé à la pauvre Thérèse de Lisieux, à qui les récits pieux ont énergiquement refusé l'humour. Même son autobiographie a été caviardée afin de substituer l'édifiant au truculent. On a voulu la dépeindre comme une gentille demeurée, une enfant qui aurait préservé l'innocence – supposée – de l'enfant jouant à la baballe en cour de récréation, une éternelle petite fille qui n'aurait pas connu le monde et ses horreurs. Quelle étrange figure de la « pureté », de la « sainteté » ! Elle était énergique, Thérèse, elle avait le jugement aigu, elle savait ce qu'elle voulait avec une maturité et un tonus déconcertants. Et c'est bien le grincement du dentier de sa voisine qui l'énervait et non (version apocryphe) l'égrenage monotone de son chapelet. Les enfants de Dieu ne sont ni de bois ni de plâtre…

J'en ai rencontré quelques-uns qui ne sont plus sortis de ma vie. Je me rappelle les carnets du « frère aux vaches ». C'était un convers[1] dominicain qui sentait fort l'étable et consignait phonétiquement ses pensées personnelles. Il notait ainsi que les vaches étaient plus importantes que les prieurs – les seconds passent, les premières restent. Je me rappelle l'aumônier des prisons, déjà mentionné, qui était un fameux humoriste (à l'époque, sa tâche consistait, entre autres, à accompagner les condamnés à mort) et qui avait monté, avec ses ouailles, un théâtre de marionnettes. Je me rappelle la désopilante et subtile *Vie du petit saint Placide*[2], exquis traité d'« oraison par l'image ». « Il tient la tête bien droite et les yeux bien ouverts, écrit l'auteur, religieuse bénédictine. Comment peut-il être recueilli s'il n'a pas le torticolis et les yeux clos ? Voici : il a en lui le Mystère de Dieu… » Franchement, je n'arrive pas à croire que les lugubres entreront les premiers au paradis.

Quelle est donc cette joie qui doit ou devrait nous animer, nous mouvoir ? C'est, me semble-t-il, un mélange très harmonieux de liberté, d'espérance, et de sérénité. C'est l'accord profond entre la Vérité majuscule et sa propre vérité. C'est l'aboutissement d'un long

1. Les moines convers, généralement peu instruits, sont employés aux services domestiques d'un couvent. Serge Bonnet, *D'une fenaison à l'autre*, Thionville, Gérard Klopp, 1992.
2. Sœur Geneviève Gallois, OSB, *La Vie du petit saint Placide*, Paris, Desclée de Brouwer, 1953.

chemin qui mène à la réconciliation de soi, de ses aspirations, de ses rêves, avec le message évangélique.

Rien de zen, là-dedans. La sérénité dont je parle n'est pas une sérénité tranquille, sans souffrance ni conflit. Quand la mère abbesse de la Grâce-Dieu a dû prendre sa retraite et quitter son commandement, elle m'a dit qu'elle avait le cœur « comme une serpillière qu'on tord », que c'était une très rude épreuve dans sa vie de moniale. La vie en Jésus-Christ n'est pas un long fleuve tranquille. Lorsque j'emploie le mot « sérénité », je songe à la représentation qu'avait ma mère du paradis – qu'elle comparait à sa cuisine au moment du petit déjeuner : on n'y est pas sans souci, mais c'est une heure apaisée, confiante.

La meilleure image que je puisse donner de la joie, c'est le formidable apaisement qui vient après la croix. La souffrance et la mort ne sont pas effacées, elles sont transcendées, et la paix qui s'instaure est d'une qualité supérieure. La joie est passée par la mort, elle est au-delà. C'est ce qu'évoque, pour moi, le *Pie Jesu* du *Requiem* de Fauré (il y a des choses analogues chez Bach, mais Bach s'adresse déjà, si j'ose dire, à quelqu'un qui est de l'autre côté ; Fauré est peut-être plus humain).

Tout au long de ce livre, j'ai répété que je ne me sentais pas éloignée d'un non-baptisé, que je ne vivais pas la foi comme un « plus ». Parvenant au terme de mon propos, il faut quand même que je proclame ma spécificité. Je dirai, en particulier, que je ne conçois pas d'esthétique sans foi ni de foi sans esthétique. Tant pis si c'est présomptueux ou ringard : je vais à la beauté avec toute mon âme. Qu'il s'agisse de peinture, de musique, d'architecture (je ne me lasse pas d'admirer certaines églises), c'est peut-être là que je rencontre quelque chose de mystique en moi. Le Giotto d'Assise n'est pas seulement un peintre, c'est ma famille. Et quand les psaumes du rituel cistercien s'élèvent sous les voûtes, l'architecture s'emplit de l'histoire du peuple de Dieu ; depuis Job jusqu'à moi, c'est le même chœur. Ma sérénité d'alors est tout sauf de l'indifférence : ce qui se passe dans le monde s'organise dans une perspective de foi.

Si je redescends sur terre, et cela m'arrive plus souvent qu'à mon tour, j'éprouve, enfin, le besoin de dissiper un malentendu. Ce n'est pas parce qu'on est chrétien qu'on est plus « optimiste ». Joyeux, oui. Porté à l'humour, je le souhaiterais. Mais optimiste, pas particulièrement. L'idée que « ça ira mieux demain » et que « tout finira par s'arranger » n'a, selon moi, aucun rapport avec le Salut dont j'essaie de traiter avec mes pauvres mots. L'optimisme consiste à disposer des jetons comme dans un jeu de hasard, à parier sur la bonne nature humaine, à spéculer sur une heureuse évolution individuelle ou collective des locataires de cette planète. Très peu pour moi. La spirale du Progrès ne m'inspire ni ne m'aspire. Il me semble que nous reperdons indéfiniment du terrain après en avoir gagné.

Mon espérance n'est pas de cet ordre. Je me sens comme saint Pierre : maladroite, faillible, tâtonnante, médiocre tacticienne. Et je ne crois pas que les affaires terrestres soient de nature à se régler d'elles-mêmes.

Dans l'Ancien Testament, Job, sur son fumier, côtoie (si j'ose dire) Isaïe dans sa lumière. La promesse faite aux hommes recèle trop d'énigmes, de paradoxes, pour qu'ils soient capables de la traduire en marche indéfinie vers le bonheur. Sans le Salut, le progrès, le bonheur ne sont que des aspirations confuses, un horizon qui recule au fur et à mesure que nous avançons. J'en ai vu, des minables, dans ma vie professionnelle. Et ils seront sauvés avant moi : tout est là.

Sans ma foi, je ne suis rien. Et c'est pourquoi je la dis ici avec tout ce que j'ai d'enfantin, d'éventuellement rétrograde, de ponctuellement dissident, d'apocryphe, peut-être, ici ou là, de blasphématoire – ce qui m'attristerait et piquerait ma curiosité. Il se trouve que l'appartenance à l'Eglise catholique m'a été donnée et que je m'en accommode à plus d'un titre, convaincue que la piété solitaire est inopérante, qu'il faut une démarche communautaire pour s'approcher de Dieu. Sans doute suis-je « décalée », hérétique sur les bords : je n'en crois pas moins que ma mère m'a précédée au Ciel et qu'elle s'est débrouillée pour que mon père soit du voyage.

Ai-je rencontré Dieu ? Pas du tout. J'ai rencontré le Christ, dont la voix est si forte qu'elle m'emporte vers Dieu. Mais je ne L'ai pas rencontré. J'ai rencontré la Vierge, les saints, le petit peuple de l'Evangile, le frère aux vaches. Et je vais rencontrer Dieu. Je ne dirai pas « bientôt », « plus tard ». Ce n'est pas dans le temps. C'est sûr, et c'est déjà advenu.

Table

IMPRESSION : S.N. FIRMIN-DIDOT AU MESNIL-SUR-L'ESTRÉE
DÉPÔT LÉGAL : JANVIER 1997. N° 30002 (36869).

Collection Points

DERNIERS TITRES PARUS

R565. Le Royaume enchanté de l'amour, *par Max Brod*
R566. Le Fou noir *suivi de* Le Poing fermé, *par Arrigo Boito*
R567. La Fin d'une époque, *par Evelyn Waugh*
R568. Franza, *par Ingeborg Bachmann*
R569. Les Noces dans la maison, *par Bohumil Hrabal*
R570. Journal, *par Jean-René Huguenin*
R571. Une saison ardente, *par Richard Ford*
R572. Le Dernier Été des Indiens, *par Robert Lalonde*
R573. Beatus Ille, *par Antonio Muñoz Molina*
R574. Les Révoltés de la « Bounty »
par Charles Nordhoff et James Norman Hall
R575. L'Expédition, *par Henri Gougaud*
R576. La Loi du capitaine, *par Mike Nicol*
R577. La Séparation, *par Dan Franck*
R578. Voyage autour de mon crâne, *par Frigyes Karinthy*
R579. Monsieur Pinocchio, *par Jean-Marc Roberts*
R580. Les Feux, *par Raymond Carver*
R581. Mémoires d'un vieux crocodile, *par Tennessee Williams*
R582. Patty Diphusa, la Vénus des lavabos
par Pedro Almodóvar
R583. Le Voyage de Hölderlin en France
par Jacques-Pierre Amette
R584. Les Noms, *par Don DeLillo*
R585. Le Châle, *par Cynthia Ozick*
R588. Mr. Stone, *par V. S. Naipaul*
R589. Loin de la troupe, *par Heinrich Böll*
R590. Dieu et nous seuls pouvons, *par Michel Folco*
R591. La Route de San Giovanni, *par Italo Calvino*
R592. En la forêt de longue attente, *par Hella S. Haasse*
R593. Lewis Percy, *par Anita Brookner*
R594. L'Affaire D., *par Charles Dickens*
Carlo Fruttero et Franco Lucentini
R595. La Pianiste, *par Elfriede Jelinek*
R596. Un air de famille, *par Michael Ondaatje*
R597. L'Ile enchantée, *par Eduardo Mendoza*
R598. Vineland, *par Thomas Pynchon*

R599. Jolie, la fille !, *par André Dubus*
R602. Le Déménagement, *par Jean Cayrol*
R603. Arrêt de jeu, *par Dan Kavanagh*
R605. La Belle Affaire, *par T. C. Boyle*
R609. Une femme en soi, *par Michel del Castillo*
R610. Le Parapluie jaune, *par Elsa Lewin*
R611. L'Amateur, *par André Balland*
R612. Le Suspect, *par L. R. Wright*
R613. Le Tueur des abattoirs, *par Manuel Vázquez Montalbán*
R614. Mémoires du Capitán Alonso de Contreras
par Alonso de Contreras
R615. Colère, *par Patrick Grainville*
R616. Le Livre de John, *par Michel Braudeau*
R617. Faux Pas, *par Michel Rio*
R618. Quelqu'unbis est mort, *par Jean-Luc Benoziglio*
R619. La Vie, quelque part, *par Anita Brookner*
R620. Iblis ou la Défroque du serpent
par Armande Gobry-Valle
R621. Fin de mission, *par Heinrich Böll*
R622. Les Mains vides, *par Maurice Genevoix*
R623. Un amour de chat, *par Frédéric Vitoux*
R624. Johnny s'en va-t-en guerre, *par Dalton Trumbo*
R625. La Remontée des cendres, *par Tahar Ben Jelloun*
R626. L'Enfant chargé de songes, *par Anne Hébert*
R628. La Terre et le Sang, *par Mouloud Feraoun*
R629. Le Cimetière des fous, *par Dan Franck*
R630. Cytomégalovirus, *par Hervé Guibert*
R631. La Maison Pouchkine, *par Andreï Bitov*
R632. La Mémoire brûlée, *par Jean-Noël Pancrazi*
R633. Le taxi mène l'enquête, *par Sam Reaves*
R634. Les Sept Fous, *par Roberto Arlt*
R635. La Colline rouge, *par France Huser*
R636. Les Athlètes dans leur tête, *par Paul Fournel*
R637. San Camilo 1936, *par Camilo José Cela*
R638. Galíndez, *par Manuel Vázquez Montalbán*
R639. China Lake, *par Anthony Hyde*
R640. Tlacuilo, *par Michel Rio*
R641. L'Élève, *par Henry James*
R642. Aden, *par Anne-Marie Garat*
R644. Dis-moi qui tuer, *par V. S. Naipaul*
R645. L'Arbre d'amour et de sagesse, *par Henri Gougaud*

R646. L'Étrange Histoire de Sir Hugo et de son valet Fledge *par Patrick McGrath*
R647. L'Herbe des ruines, *par Emmanuel Roblès*
R648. La Première Femme, *par Nedim Gürsel*
R649. Les Exclus, *par Elfriede Jelinek*
R650. Providence, *par Anita Brookner*
R651. Les Nouvelles Mille et Une Nuits, vol. 1 *par Robert Louis Stevenson*
R652. Les Nouvelles Mille et Une Nuits, vol. 2 *par Robert Louis Stevenson*
R653. Les Nouvelles Mille et Une Nuits, vol. 3 *par Robert Louis Stevenson*
R654. 1492. Mémoires du Nouveau Monde, *par Homero Aridjis*
R655. Lettres à Doubenka, *par Bohumil Hrabal*
R657. Cassandra, *par John Hawkes*
R658. La Fin des temps, *par Haruki Murakami*
R659. Mémoires d'un nomade, *par Paul Bowles*
R660. La Femme du boucher, *par Li Ang*
R661. Anaconda, *par Horacio Quiroga*
R662. Le Polygone étoilé, *par Kateb Yacine*
R663. Je ferai comme si je n'étais pas là, *par Christopher Frank*
R665. Un homme remarquable, *par Robertson Davies*
R666. Une sécheresse à Paris, *par Alain Chany*
R667. Charles et Camille, *par Frédéric Vitoux*
R668. Les Quatre Fils du Dr March, *par Brigitte Aubert*
R669. 33 Jours, *par Léon Werth*
R670. La Mort à Veracruz, *par Héctor Aguilar Camín*
R671. Le Bâtard de Palerme, *par Luigi Natoli*
R672. L'Ile du lézard vert, *par Eduardo Manet*
R673. Juges et Assassins, *par Michael Malone*
R674. L'Enfant de Port-Royal, *par Rose Vincent*
R675. Amour et Ordures, *par Ivan Klíma*
R676. Rue de la Cloche, *par Serge Quadruppani*
R677. Les Dunes de Tottori, *par Kyotaro Nishimura*
R678. Lucioles, *par Shiva Naipaul*
R679. Tout fout le camp !, *par Dan Kavanagh*
R680. Les Sept Solitudes de Lorsa Lopez, *par Sony Labou Tansi*
R681. Le Bout du rouleau, *par Richard Ford*
R682. Hygiène de l'assassin, *par Amélie Nothomb*
R684. Les Adieux, *par Dan Franck*
R687. L'Homme de la passerelle, *par Isabelle Jarry*

R688. Bambini, *par Bertrand Visage*
R689. Nom de code : Siro, *par David Ignatius*
R690. Paradis, *par Philippe Sollers*
R693. Rituels, *par Cees Nooteboom*
R695. Le Trouveur de feu, *par Henri Gougaud*
R696. Dumala, *par Eduard von Keyserling*
P1. Cent Ans de solitude, *par Gabriel García Márquez*
P2. Le Chevalier inexistant, *par Italo Calvino*
P3. L'Homme sans qualités, tome 1, *par Robert Musil*
P4. L'Homme sans qualités, tome 2, *par Robert Musil*
P5. Le Monde selon Garp, *par John Irving*
P6. Les Désarrois de l'élève Törless, *par Robert Musil*
P7. L'Enfant de sable, *par Tahar Ben Jelloun*
P8. La Marche de Radetzky, *par Joseph Roth*
P9. Trois Femmes *suivi de* Noces, *par Robert Musil*
P10. Un Anglais sous les tropiques, *par William Boyd*
P11. Grand Amour, *par Erik Orsenna*
P12. L'Invention du monde, *par Olivier Rolin*
P13. Rastelli raconte..., *par Walter Benjamin*
P14. Ce qu'a vu le vent d'ouest, *par Fruttero & Lucentini*
P15. L'Appel du crapaud, *par Günter Grass*
P16. L'Appât, *par Morgan Sportès*
P17. L'Honneur de Saint-Arnaud, *par François Maspero*
P18. L'Héritage empoisonné, *par Paul Levine*
P19. Les Égouts de Los Angeles, *par Michael Connelly*
P20. L'Anglais saugrenu, *par Jean-Loup Chiflet*
P21. Jacques Chirac, *par Franz-Olivier Giesbert*
P22. Questions d'adolescents, *par Christian Spitz*
P23. Les Progrès du progrès, *par Philippe Meyer*
P24. Le Paradis des orages, *par Patrick Grainville*
P25. La Rage au cœur, *par Gérard Guégan*
P26. L'Homme flambé, *par Michael Ondaatje*
P27. Ça n'est pas pour me vanter, *par Philippe Meyer*
P28. Notre homme, *par Louis Gardel*
P29. Mort en hiver, *par L. R. Wright*
P30. L'Exposition coloniale, *par Erik Orsenna*
P31. La Dame du soir, *par Dan Franck*
P32. Le Monde du bout du monde, *par Luis Sepúlveda*
P33. Brazzaville Plage, *par William Boyd*
P34. Les Nouvelles Confessions, *par William Boyd*
P35. Comme neige au soleil, *par William Boyd*

P36. Hautes Trahisons, *par Félix de Azúa*
P37. Dans la cage, *par Henry James*
P38. L'Année du déluge, *par Eduardo Mendoza*
P39. Pluie et Vent sur Télumée Miracle
par Simone Schwarz-Bart
P40. Paroles malvenues, *par Paul Bowles*
P41. Le Grand Cahier, *par Agota Kristof*
P42. La Preuve, *par Agota Kristof*
P43. La Petite Ville où le temps s'arrêta, *par Bohumil Hrabal*
P44. Le Tunnel, *par Ernesto Sabato*
P45. La Galère : jeunes en survie, *par François Dubet*
P46. La Ville des prodiges, *par Eduardo Mendoza*
P47. Le Principe d'incertitude, *par Michel Rio*
P48. Tapie, l'homme d'affaires, *par Christophe Bouchet*
P49. L'Homme Freud, *par Lydia Flem*
P50. La Décennie Mitterrand
1. Les ruptures
par Pierre Favier et Michel Martin-Roland
P51. La Décennie Mitterrand
2. Les épreuves
par Pierre Favier et Michel Martin-Roland
P52. Dar Baroud, *par Louis Gardel*
P53. Vu de l'extérieur, *par Katherine Pancol*
P54. Les Rêves des autres, *par John Irving*
P55. Les Habits neufs de Margaret
par Alice Thomas Ellis
P56. Les Confessions de Victoria Plum, *par Anne Fine*
P57. Histoires de faire de beaux rêves, *par Kaye Gibbons*
P58. C'est la curiosité qui tue les chats, *par Lesley Glaister*
P59. Une vie bouleversée, *par Etty Hillesum*
P60. L'Air de la guerre, *par Jean Hatzfeld*
P61. Piaf, *par Pierre Duclos et Georges Martin*
P62. Lettres ouvertes, *par Jean Guitton*
P63. Trois Kilos de café, *par Manu Dibango*
en collaboration avec Danielle Rouard
P64. L'Ange aveugle, *par Tahar Ben Jelloun*
P65. La Lézarde, *par Édouard Glissant*
P66. L'Inquisiteur, *par Henri Gougaud*
P67. L'Étrusque, *par Mika Waltari*
P68. Leurs mains sont bleues, *par Paul Bowles*
P69. Contes d'amour, de folie et de mort, *par Horacio Quiroga*

P70. Le vieux qui lisait des romans d'amour, *par Luis Sepúlveda*
P71. Rumeurs, *par Jean-Noël Kapferer*
P72. Julia et Moi, *par Anita Brookner*
P73. Déportée à Ravensbruck
par Margaret Buber-Neumann
P74. Meurtre dans la cathédrale, *par T. S. Eliot*
P75. Chien de printemps, *par Patrick Modiano*
P76. Pour la plus grande gloire de Dieu, *par Morgan Sportès*
P77. La Dogaresse, *par Henri Sacchi*
P78. La Bible du hibou, *par Henri Gougaud*
P79. Les Ivresses de Madame Monro, *par Alice Thomas Ellis*
P80. Hello, Plum !, *par Pelham Grenville Wodehouse*
P81. Le Maître de Frazé, *par Herbert Lieberman*
P82. Dans la peau d'un intouchable, *par Marc Boulet*
P83. Entre le ciel et la terre, *par Le Ly Hayslip*
(avec la collaboration de Charles Jay Wurts)
P84. Sur la route des croisades, *par Jean-Claude Guillebaud*
P85. L'Homme sans postérité, *par Adalbert Stifter*
P86. Le Nez de Mazarin, *par Anny Duperey*
P87. L'Alliance, tome 1, *par James A. Michener*
P88. L'Alliance, tome 2, *par James A. Michener*
P89. Regardez-moi, *par Anita Brookner*
P90. Si par une nuit d'hiver un voyageur, *par Italo Calvino*
P91. Les Grands Cimetières sous la lune, *par Georges Bernanos*
P92. Salut Galarneau !, *par Jacques Godbout*
P93. La Barbare, *par Katherine Pancol*
P94. American Psycho, *par Bret Easton Ellis*
P95. Vingt Ans et des poussières, *par Didier van Cauwelaert*
P96. Un week-end dans le Michigan, *par Richard Ford*
P97. Jules et Jim, *par François Truffaut*
P98. L'Hôtel New Hampshire, *par John Irving*
P99. Liberté pour les ours !, *par John Irving*
P100. Heureux Habitants de l'Aveyron et des autres
départements français, *par Philippe Meyer*
P101. Les Égarements de Lili, *par Alice Thomas Ellis*
P102. Esquives, *par Anita Brookner*
P103. Cadavres incompatibles, *par Paul Levine*
P104. La Rose de fer, *par Brigitte Aubert*
P105. La Balade entre les tombes, *par Lawrence Block*
P106. La Villa des ombres, *par David Laing Dawson*
P107. La Traque, *par Herbert Lieberman*

P108. Meurtres à cinq mains, *par Jack Hitt avec Lawrence Block, Sarah Caudwell, Tony Hillerman, Peter Lovesey, Donald E. Westlake*
P109. Hygiène de l'assassin, *par Amélie Nothomb*
P110. L'Amant sans domicile fixe *par Carlo Fruttero et Franco Lucentini*
P111. La Femme du dimanche *par Carlo Fruttero et Franco Lucentini*
P112. L'Affaire D., *par Charles Dickens, Carlo Fruttero et Franco Lucentini*
P113. La Nuit sacrée, *par Tahar Ben Jelloun*
P114. Sky my wife ! Ciel ma femme !, *par Jean-Loup Chiflet*
P115. Liaisons étrangères, *par Alison Lurie*
P116. L'Homme rompu, *par Tahar Ben Jelloun*
P117. Le Tarbouche, *par Robert Solé*
P118. Tous les matins je me lève, *par Jean-Paul Dubois*
P119. La Côte sauvage, *par Jean-René Huguenin*
P120. Dans le huis clos des salles de bains, *par Philippe Meyer*
P121. Un mariage poids moyen, *par John Irving*
P122. L'Épopée du buveur d'eau, *par John Irving*
P123. L'Œuvre de Dieu, la Part du Diable, *par John Irving*
P124. Une prière pour Owen, *par John Irving*
P125. Un homme regarde une femme, *par Paul Fournel*
P126. Le Troisième Mensonge, *par Agota Kristof*
P127. Absinthe, *par Christophe Bataille*
P128. Le Quinconce, vol. 1, *par Charles Palliser*
P129. Le Quinconce, vol. 2, *par Charles Palliser*
P130. Comme ton père, *par Guillaume Le Touze*
P131. Naissance d'une passion, *par Michel Braudeau*
P132. Mon ami Pierrot, *par Michel Braudeau*
P133. La Rivière du sixième jour (Et au milieu coule une rivière) *par Norman Maclean*
P134. Mémoires de Melle, *par Michel Chaillou*
P135. Le Testament d'un poète juif assassiné, *par Elie Wiesel*
P136. Jésuites, 1. Les conquérants *par Jean Lacouture*
P137. Jésuites, 2. Les revenants *par Jean Lacouture*
P138. Soufrières, *par Daniel Maximin*
P139. Les Vacances du fantôme, *par Didier van Cauwelaert*
P140. Absolu, *par l'abbé Pierre et Albert Jacquard*

P141. En attendant la guerre, *par Claude Delarue*
P142. Trésors sanglants, *par Paul Levine*
P143. Le Livre, *par Les Nuls*
P144. Malicorne, *par Hubert Reeves*
P145. Le Boucher, *par Alina Reyes*
P146. Le Voile noir, *par Anny Duperey*
P147. Je vous écris, *par Anny Duperey*
P148. Tierra del fuego, *par Francisco Coloane*
P149. Trente Ans et des poussières, *par Jay McInerney*
P150. Jernigan, *par David Gates*
P151. Lust, *par Elfriede Jelinek*
P152. Voir ci-dessous : Amour, *par David Grossman*
P153. L'Anniversaire, *par Juan José Saer*
P154. Le Maître d'escrime, *par Arturo Pérez-Reverte*
P155. Pas de sang dans la clairière, *par L. R. Wright*
P156. Une si belle image, *par Katherine Pancol*
P157. L'Affaire Ben Barka, *par Bernard Violet*
P158. L'Orange amère, *par Didier Van Cauwelaert*
P159. Une histoire américaine, *par Jacques Godbout*
P160. Jour de silence à Tanger, *par Tahar Ben Jelloun*
P161. La Réclusion solitaire, *par Tahar Ben Jelloun*
P162. Fleurs de ruine, *par Patrick Modiano*
P163. La Mère du printemps (L'Oum-er-Bia)
par Driss Chraïbi
P164. Portrait de groupe avec dame, *par Heinrich Böll*
P165. Nécropolis, *par Herbert Lieberman*
P166. Les Soleils des indépendances, *par Ahmadou Kourouma*
P167. La Bête dans la jungle, *par Henry James*
P168. Journal d'une Parisienne, *par Françoise Giroud*
P169. Ils partiront dans l'ivresse, *par Lucie Aubrac*
P170. Le Divin Enfant, *par Pascal Bruckner*
P171. Les Vigiles, *par Tahar Djaout*
P172. Philippe et les Autres, *par Cees Nooteboom*
P173. Far Tortuga, *par Peter Matthiessen*
P174. Le Dieu manchot, *par José Saramago*
P175. Molière ou la Vie de Jean-Baptiste Poquelin
par Alfred Simon
P176. Saison violente, *par Emmanuel Roblès*
P177. Lunes de fiel, *par Pascal Bruckner*
P178. Le Voyage à Paimpol, *par Dorothée Letessier*
P179. L'Aube, *par Elie Wiesel*

P180. Le Fils du pauvre, *par Mouloud Feraoun*
P181. Red Fox, *par Anthony Hyde*
P182. Enquête sous la neige, *par Michael Malone*
P183. Cœur de lièvre, *par John Updike*
P184. La Joyeuse Bande d'Atzavara
par Manuel Vázquez Montalbán
P185. Le Petit Monde de Don Camillo
par Giovanni Guareschi
P186. Le Temps des Italiens, *par François Maspero*
P187. Petite, *par Geneviève Brisac*
P188. La vie me fait peur, *par Jean-Paul Dubois*
P189. Quelques Minutes de bonheur absolu
par Agnès Desarthe
P190. La Lyre d'Orphée, *par Robertson Davies*
P191. Pourquoi lire les classiques, *par Italo Calvino*
P192. Franz Kafka ou le Cauchemar de la raison, *par Ernst Pawel*
P193. Nos médecins, *par Hervé Hamon*
P194. La Déroute des sexes, *par Denise Bombardier*
P195. Les Flamboyants, *par Patrick Grainville*
P196. La Crypte des capucins, *par Joseph Roth*
P197. Je vivrai l'amour des autres, *par Jean Cayrol*
P198. Le Crime des pères, *par Michel del Castillo*
P199. Les Cahiers de Malte Laurids Brigge, *par Rainer Maria Rilke*
P200. Port-Soudan, *par Olivier Rolin*
P201. Portrait de l'artiste en jeune chien, *par Dylan Thomas*
P202. La Belle Hortense, *par Jacques Roubaud*
P203. Les Anges et les Faucons, *par Patrick Grainville*
P204. Autobiographie de Federico Sánchez, *par Jorge Semprún*
P205. Le Monarque égaré, *par Anne-Marie Garat*
P206. La Guérilla du Che, *par Régis Debray*
P207. Terre-Patrie, *par Edgar Morin et Anne-Brigitte Kern*
P208. L'Occupation américaine, *par Pascal Quignard*
P209. La Comédie de Terracina, *par Frédéric Vitoux*
P210. Une jeune fille, *par Dan Franck*
P211. Nativités, *par Michèle Gazier*
P212. L'Enlèvement d'Hortense, *par Jacques Roubaud*
P213. Les Secrets de Jeffrey Aspern, *par Henry James*
P214. Annam, *par Christophe Bataille*
P215. Jimi Hendrix. Vie et légende, *par Charles Shaar Murray*
P216. Docile, *par Didier Decoin*
P217. Le Dernier des Justes, *par André Schwarz-Bart*

P218. Aden Arabie, *par Paul Nizan*
P219. Dialogues des Carmélites
par Georges Bernanos
P220. Gaston Gallimard, *par Pierre Assouline*
P221. John l'Enfer, *par Didier Decoin*
P222. Trente Mille Jours, *par Maurice Genevoix*
P223. Cent Ans de chanson française
par Chantal Brunschwig, Jean-Louis Calvet et Jean-Claude Klein
P224. L'Exil d'Hortense, *par Jacques Roubaud*
P225. La Grande Maison, *par Mohammed Dib*
P226. Une mort en rouge, *par Walter Mosley*
P227. N'en faites pas une histoire
par Raymond Carver
P228. Les Quatre Faces d'une histoire, *par John Updike*
P229. Moustiques, *par William Faulkner*
P230. Mortelle, *par Christopher Frank*
P231. Ceux de 14, *par Maurice Genevoix*
P232. Le Baron perché, *par Italo Calvino*
P233. Le Tueur et son ombre, *par Herbert Lieberman*
P234. La Nuit du solstice, *par Herbert Lieberman*
P235. L'Après-Midi bleu, *par William Boyd*
P236. Le Sémaphore d'Alexandrie, *par Robert Solé*
P237. Un nom de torero, *par Luis Sepúlveda*
P238. Halloween, *par Lesley Glaister*
P239. Un bonheur mortel, *par Anne Fine*
P240. Mésalliance, *par Anita Brookner*
P241. Le Vingt-Septième Royaume
par Alice Thomas Ellis
P242. Le Sucre et autres récits, *par Antonia S. Byatt*
P243. Le Dernier Tramway, *par Nedim Gürsel*
P244. Une enquête philosophique, *par Philippe Ken*
P245. Un homme peut en cacher un autre
par Andreu Martín
P246. A l'ouest d'Allah, *par Gilles Kepel*
P247. Nedjma, *par Kateb Yacine*
P248. Le Prochain sur la liste, *par Dan Greenburg*
P249. Les Chambres de bois, *par Anne Hébert*
P250. La Nuit du décret, *par Michel del Castillo*
P251. Malraux, une vie dans le siècle, *par Jean Lacouture*
P252. Une année en Provence, *par Peter Mayle*

P253. Cap Horn, *par Francisco Coloane*
P254. Eldorado 51, *par Marc Trillard*
P255. Juan sans terre, *par Juan Goytisolo*
P256. La Dynastie des Rothschild
par Herbert Lottman
P257. La Trahison des Lumières
par Jean-Claude Guillebaud
P258. Je suis vivant et vous êtes morts
par Emmanuel Carrère
P259. Minuit passé, *par David Laing Dawson*
P260. Le Guépard, *par Giuseppe Tomasi di Lampedusa*
P261. Remise de peine, *par Patrick Modiano*
P262. L'Honneur perdu de Katharina Blum
par Heinrich Böll
P263. Un loup est un loup, *par Michel Folco*
P264. Daddy's Girl, *par Janet Inglis*
P265. Une liaison dangereuse, *par Hella S. Haasse*
P266. Sombre Sentier, *par Dominique Manotti*
P267. Ténèbres sur Jacksonville, *par Brigitte Aubert*
P268. Blackburn, *par Bradley Denton*
P269. La Glace noire, *par Michael Connelly*
P270. La Couette, *par Camille Todd*
P271. Le Petit Mitterrand illustré, *par Plantu*
P272. Le Train vert, *par Herbert Lieberman*
P273. Les Villes invisibles, *par Italo Calvino*
P274. Le Passage, *par Jean Reverzy*
P275. La Couleur du destin, *par Franco Lucentini*
et Carlo Fruttero
P276. Gérard Philipe, *par Gérard Bonal*
P277. Petit Dictionnaire pour lutter contre l'extrême droite
par Martine Aubry et Olivier Duhamel
P278. Le premier amour est toujours le dernier
par Tahar Ben Jelloun
P279. La Plage noire, *par François Maspero*
P280. Dixie, *par Julien Green*
P281. L'Occasion, *par Juan José Saer*
P282. Le diable t'attend, *par Lawrence Block*
P283. Les cancres n'existent pas, *par Anny Cordié*
P284. Tous les fleuves vont à la mer, *par Elie Wiesel*
P285. Parias, *par Pascal Bruckner*
P286. Le Baiser de la femme-araignée, *par Manuel Puig*

P287. Gargantua, *par François Rabelais*
P288. Pantagruel, *par François Rabelais*
P289. La Cocadrille, *par John Berger*
P290. Senilità, *par Italo Svevo*
P291. Le Bon Vieux et la Belle Enfant, *par Italo Svevo*
P292. Carla's Song, *par Ken Loach*
P293. Hier, *par Agota Kristof*
P294. L'Orgue de Barbarie, *par Bernard Chambaz*
P295. La Jurée, *par George Dawes Green*
P296. Siam, *par Morgan Sportès*
P297. Une saison dans la vie d'Emmanuel, *par Marie-Claire Blais*
P298. Smilla et l'Amour de la neige, *par Peter Høeg*
P299. Mal et Modernité, *par Jorge Semprún*
P300. Vidal et les Siens, *par Edgar Morin*
P301. Dieu et nous seuls pouvons, *par Michel Folco*
P302. La Mulâtresse Solitude, *par André Schwarz-Bart*
P303. Les Lycéens, *par François Dubet*
P304. L'Arbre à soleils, *par Henri Gougaud*
P305. L'Homme à la vie inexplicable, *par Henri Gougaud*
P306. Bélibaste, *par Henri Gougaud*
P307. Joue-moi quelque chose, *par John Berger*
P308. Flamme et Lilas, *par John Berger*
P309. Histoires du Bon Dieu, *par Rainer Maria Rilke*
P310. In extremis *suivi de* La Condition, *par Henri James*
P311. Héros et Tombes, *par Ernesto Sábato*
P312. L'Ange des ténèbres, *par Ernesto Sábato*
P313. Acid Test, *par Tom Wolfe*
P314. Un plat de porc aux bananes vertes
par Simone et André Schwarz-Bart
P315. Prends soin de moi, *par Jean-Paul Dubois*
P316. La Puissance des mouches, *par Lydie Salvayre*
P317. Le Tiers Livre, *par François Rabelais*
P318. Le Quart Livre, *par François Rabelais*
P319. Un enfant de la balle, *par John Irving*
P320. A la merci d'un courant violent, *par Henry Roth*
P321. Tony et Susan, *par Austin Wright*
P322. La Foi du charbonnier, *par Marguerite Gentzbittel*
P323. Les Armes de la nuit et la Puissance du jour
par Vercors
P324. Voltaire le Conquérant, *par Pierre Lepape*
P325. Frère François, *par Julien Green*